Dieter Rösel • Erlebte Geschichte

Dieter Rösel

Erlebte Geschichte

Erinnerungen an die Kriegs- und Nachkriegszeit 1939-1956

Bibliografische Information der Deutschen Nationalbibliothek
Die Deutsche Nationalbibliothek verzeichnet diese Publikation in der Deutschen
Nationalbibliografie; detaillierte bibliografische Daten sind im Internet
über http://dnb.d-nb.de abrufbar.
© Frieling-Verlag Berlin • Eine Marke der Frieling & Huffmann GmbH & Co. KG
Rheinstraße 46, 12161 Berlin
Telefon: 0 30 / 76 69 99-0
www.frieling.de
Umschlaggestaltung: Michael Beautemps

1. Auflage 2019
ISBN 978-3-8280-3512-6
Printed in Germany

Inhalt

Vorwort

Eine Vielzahl von Erlebnissen als Kind und Jugendlicher veranlassten mich, diese schriftlich festzuhalten und meiner Nachwelt zur Kenntnis zu geben. Die in der nachstehenden Autobiografie enthaltenen und der Wirklichkeit entsprechenden Episoden fußen auf Tagebuchnotizen und Erinnerungen. Gleichzeitig stellen sie einen Querschnitt durch die Zeitgeschichte dar. Sie reichen zurück von der Zeit des Zweiten Weltkriegs bis in die Nachkriegszeit. Auf diese Weise erhalten Leserinnen und Leser einen Einblick in einen interessanten geschichtlichen Zeitabschnitt. Aus Gründen des Datenschutzes wurden Namen verändert. Bilder bzw. Fotos entstammen meinem privaten Fotoarchiv. Ich wünsche allen Leserinnen und Lesern viel Freude und Spannung beim Lesen.

Dieter Rösel
Sankt Augustin, den 23. Mai 2019

I. Kriegszeit

Friedland

Die Geburt

Mein Erscheinen auf dieser Welt war ursprünglich für den 13. Juni des Jahres 1937 von den Ärzten vorausberechnet worden. Diese Rechnung ging allerdings nicht auf, denn der **Dreizehnte,** obwohl er nicht auf einen Freitag fiel, behagte mir nicht. Ich hatte damals schon meinen eigenen Kopf. Warum sollte ich mich beeilen? Bei Muttern ging es mir doch gut. Nach reiflicher Überlegung hatte ich mir den **23. Juni 1937** als Ankunftstag auf diesem Planeten ausgesucht. So erblickte ich an diesem Tage im schlesischen Friedland bei Waldenburg zur Freude meiner Eltern das Licht der Welt. Dass es sich bei diesem Datum um den luxemburgischen Nationalfeiertag handelte, konnte ich damals noch nicht wissen. Nun feiern das Großherzogtum Luxemburg und ich unseren Geburtstag jedes Jahr gemeinsam. Gleich nach meinem ersten Schrei musste festgestellt werden, ob es sich bei mir um einen männlichen oder weiblichen Nachkommen handelt. Sobald Papa (Walter Rösel) erfuhr, dass Mutti (Helma Rösel) einen Stammhalter zur Welt gebracht hatte, sprang er im Nebenzimmer vom Stuhl auf und rief: »Hurra, ein Junge! Ein Junge!« So wurde mir jedenfalls später berichtet. Obwohl ich schon von Anfang an mit einem guten Gedächtnis ausgestattet war, reichen meine Erinnerungen nicht bis zur Stunde meiner Geburt zurück. Ich wurde einige Wochen später auf den Namen Paul Georg **Dieter** getauft, wobei die Vornamen meiner Großväter vorangestellt wurden.

Der Ring in Friedland/Schlesien

Bis auf eine in Unna in Westfalen wohnende Großmutter Emma Ulber (Omi) hatte ich keine Großeltern mehr. Die Großmutter väterlicherseits verstarb kurz nach meines Vaters Geburt. Meine beiden Großväter waren im Ersten Weltkrieg gefallen. Einer (Georg Ulber) fiel beim Sturm auf die Lorettohöhe bei Lens, südlich von Lille in Nordfrankreich. Der andere Großvater (Paul Rösel), der an der Ostfront in Rumänien unter Erwin Rommel (dem späteren Feldmarschall, auch bekannt als »Wüstenfuchs«) gedient hatte, fiel beim Sturm auf einen strategisch wichtigen Gebirgspass östlich von Brasov in den Karpaten. Gott sei Dank gab es aber noch die Urgroßeltern, Adolf und Berta Ulber. Sie waren beide glücklich, dass meine Eltern mit ihrem Urenkelchen in ihrer Nähe wohnten. Mein Urgroßvater, ein im Ruhestand lebender Zechenbeamter von der Braunkohlengrube »Glückhilf-Friedenshoffnung« in Waldenburg, hatte sich mit seiner Frau nach dem Ausscheiden aus dem aktiven Dienst in das ruhige, kleinstädtische Friedland zurückgezogen. Friedland war eine Stadt der Ruheständler. Der Ort lag an einem Gebirgsbach und war von lauschigen Wäldern umgeben. Die Urgroßeltern waren unserer kleinen Familie sehr zugetan. Sie standen meinen Eltern stets mit Rat und Tat zur Seite und halfen ihnen, wo sie nur konnten. Das gemeinsame Glück währte leider nicht lange. Die Verdienstmöglichkeiten in Friedland waren für meinen Vater begrenzt. So bewarb er sich eines Tages bei der Stadtverwaltung in Unna (Westfalen), wo er bis Kriegsende als Angestellter tätig war. Im Frühjahr 1938 kam nun für alle die Stunde des Abschieds. Es müssen viele Tränen geflossen sein, denn an diesem Tage drohte die Steine (so hieß der Gebirgsbach am Stadtrand von Friedland) über die Ufer zu treten. Zu allem Unglück war ich kurz vor der Übersiedlung nach Westfalen so schwer erkrankt, dass mich ein deutscher Arzt bereits aufgegeben hatte. In ihrer Verzweiflung hatte Mutter im Nachbarort einen jüdischen Arzt konsultiert, der mich mit Mitteln aus der Naturheilkunde kuriert hatte. Ich glaube, Mutter und Vater waren diesem Mann ewig dankbar. Ich habe, soweit ich mich zurückerinnere, die Eltern – auch während der NS-Zeit – nie negativ über unsere jüdischen Mitbürger reden hören.

Unna

Der Umzug

Die Übersiedlung nach Unna, Stadtteil Königsborn, fand, wie schon erwähnt, im Frühjahr des Jahres 1938 statt. Die Eltern fanden im ersten Stock eines Hotelanbaus eine geräumige Dreizimmerwohnung mit Küche, aber ohne Bad. Die Toilette befand sich in einem Zwischengeschoss zwischen dem ersten Stockwerk und dem Erdgeschoss. Sie wurde von drei Familien benutzt. Das hatte zur Folge, dass man gelegentlich vor dem »stillen Örtchen« Schlange stehen musste. Das Hotel, es nannte sich »Königsborner Hof«, hatte einen quadratischen Grundriss, an dessen Rückseite sich zwei parallel zueinander verlaufende Gebäudeteile befanden, welche einen kleinen Innenhof umsäumten. Das größere der beiden Gebäude – es wies zur Nordseite – beherbergte Mietwohnungen. Das kleinere gegenüberliegende Gebäude war eine mit mehreren handbetriebenen Waschzubern ausgestattete Großwaschküche. Für jeden Mieter war ein bestimmter Wochentag als Waschtag vorgeschrieben. Vom kleinen Innenhof gelangte man auf einen größeren Hof mit einer angrenzenden Rasenfläche. Hof und Anbau befanden sich an einem Nebenweg, der in die in Nord-Süd-Richtung verlaufende, mit einem Kopfsteinpflaster versehene Hauptstraße, die Kaiserstraße, mündete.

Friedrichsborn mit Gradierwerk und Wärterhäuschen am Kaffeewald

Nur eine kurze Bemerkung zum Stadtteil Königsborn: Königsborn war ein vornehmer Stadtteil und nannte sich Bad Königsborn. Es gab ein mondänes Badehaus, Kuranlagen, ein Wäldchen und als besondere Attraktion eine Solequelle, die viele Kurgäste anlockte. Die Quelle befand sich in einer Windmühle, welche Sole aus der Tiefe ans Tageslicht pumpte. In deren unmittelbarer Nähe standen große Gradierwerke, an deren Hecken Sole herunterlief und unten in breiten Rinnen und Röhren aufgefangen wurde. Die Sole lief anschließend durch eine unterirdische Rohrleitung zu einer in der Nähe befindlichen Kochsalzgewinnungsanlage. Die vorher erwähnte Windmühle mit der Solequelle erhielt den Namen »Friedrichsborn« zu Ehren des preußischen Königs Friedrich II. (des Großen). Unna wurde bereits im Jahre 1734 preußisch! Die

Soleförderung übernahm später eine Dampfmaschine. Im Jahre 1350 trat Unna der Hanse bei.

Nicht lange nach unserem Umzug nach Unna, wo auch meine Großmutter (Omi) als Kriegerwitwe wohnte, wurde am 6. Dezember 1938, am Nikolaustag, mein jüngerer Bruder **Klaus** geboren. Keine eineinhalb Jahre später, am 1. April 1940 (kein Aprilscherz!), erblickte meine Schwester Ursula (**Uschi**) das Licht der Welt.

Die ersten Auswirkungen eines langen Krieges

Nach der Machtübernahme durch die Nationalsozialisten standen die Zeichen auf Krieg und im September 1939 war die bis dahin friedliche Zeit vorbei. An Vaters neuem Arbeitsplatz wurde ihm zu verstehen gegeben, dass es für ihn und die Familie auch im Interesse einer Beibehaltung seines Arbeitsplatzes besser sei, der NSDAP (Nationalsozialistische Deutsche Arbeiterpartei) beizutreten. Was blieb ihm als Ernährer einer fünfköpfigen Familie anderes übrig, als in den »sauren Apfel« zu beißen und der Partei beizutreten? Die Mitgliedschaft in der NSDAP war damals eine Art Existenzgarantie. Im Jahre 1940 wurde unser Vater zur Wehrmacht (Luftwaffe) eingezogen und nach einer Grundausbildung in Quakenbrück an einen kleinen Feldflugplatz bei Hilversum in den Niederlanden versetzt. Aufgrund seines schlechten Gesundheitszustandes war er vom Außendienst befreit und durfte in der Schreibstube Dienst tun. Mutter war nun mit uns drei Kindern allein auf sich gestellt. Eines Tages bemerkte ich, dass unsere Mutter sehr bedrückt war und ein verweintes Gesicht hatte. Es war etwa um die gleiche Zeit, als unsere Nachbarin – sie hatte einen Sohn in meinem Alter – die Nachricht erhielt, dass ihr Mann an der Ostfront vermisst, höchstwahrscheinlich aber gefallen sei. Ich fragte Mutter, warum sie weine. Darauf antwortete sie: »Ich bin traurig, weil der Papa nicht bei uns sein kann.« Nun versuchte ich sie zu trösten. Ich soll gesagt haben: »Mutti, sei doch nicht traurig, ich bin doch noch da.« – Eines Tages zog Tante Herta (Mutters Schwester) mit ihrer Familie in unsere Nähe. Was lag nun näher, als dass die Schwestern gelegentlich nachmittags, wenn die Ehemänner im Dienst bzw. auf der Arbeit waren, sich gegenseitig besuchten und einen Kaffeeklatsch abhielten.

Eine Episode mit bösen Folgen

Nun komme ich zu einer Episode mit bösen Folgen, an die ich mich nur noch teilweise erinnern kann. Es muss an einem Regentag im Monat Juni gewesen sein, als sich Mutter wieder einmal zu einem Plausch zu ihrer Schwester begeben hatte. Vorher hatte sie uns Kinder zum Schlafen in unsere Bettchen gelegt und die Tür zum Flur verschlossen. Es musste schon eine Stunde vergangen sein, als ich plötzlich durch ein Geräusch aufwachte. War es Donnergrollen oder ein lautes Türenschlagen bei den Nachbarn? So genau weiß ich es nicht mehr. Klaus und Uschi schliefen noch fest in ihren mit einem Hochgatter umgebenen Bettchen. Jedenfalls galt mein erster Gedanke der Mutter. Zuerst wollte ich nach ihr rufen. Da ich meine schlafenden Geschwister nicht wecken wollte, ließ ich diesen Gedanken fallen. Wo war bloß die Mutti?

Ich muss bekennen, dass ich bis zu diesem Zeitpunkt noch ein echtes Muttersöhnchen war. Nachdem ich aus dem Bett geklettert war und die ganze Wohnung nach ihr abgesucht hatte und sie nirgends entdecken konnte, kroch Panik in mir hoch. Schließlich kam mir die Idee, dass Mutter nur einige Häuser weiter bei Tante Herta sein könne. Mein Entschluss stand fest. Ich musste Mutter bei Tante Herta suchen und hoffentlich auch finden. Was tat ich nun? Angesichts des regnerischen Wetters konnte ich unmöglich im Schlafanzug durch die Gegend laufen. Also öffnete ich einige Schrankschubladen, um mir etwas zum Anziehen zu suchen. Ich fand nur einen übergroßen Pullover und ein Paar riesige Socken vom Vater, der beim Militär war. Diese Sachen zog ich an und begab mich zur Tür. Diese war jedoch verschlossen. Aber ich war ja damals schon ein schlaues Kerlchen. Längst schon hatte ich mitbekommen, wo die Türschlüssel zu finden waren. Sie hingen an einem Schlüsselbrett neben der Tür. Da ich aber nicht groß genug war, um an die Schlüssel heranzukommen, nahm ich einen in der Nähe stehenden Stuhl zu Hilfe und schnappte mir ein paar Schlüssel, um sie im Schlüsselloch auszuprobieren. Schließlich passte einer von ihnen. Leider ließ er sich nicht drehen. Meine schwachen Kräfte reichten nicht aus. Jetzt war meine Intelligenz gefragt. Was machte ich? Ich nahm einen zweiten Schlüssel mit einem besonders langen Bart, steckte diesen in die gelochte Rundung des oberen Schlüsselteils vom ersten Schlüssel und begann zu drehen. Und siehe da! Ich hatte die Hebelwirkung zwar nicht erfunden, aber für mich entdeckt. Den zweiten Schlüssel als Hebel nutzend, drehte ich so lange, bis der Türriegel aufsprang und sich die Tür leicht öffnen ließ. Jetzt war der Weg frei zur lieben Mutti. Ab ging es durchs Treppenhaus auf die Straße. Es regnete heftig. Dort tapste ich mit den dicken Socken meines Vaters an den Füßen durch tiefe Pfützen, bis ich vor Tante Hertas Haustür stand. Tante Herta öffnete und war bleich vor Schreck. Mit dem Gesicht zur Wohnstube gewandt, rief sie: »Helma, der Dieter ist hier!« Mutti antwortete ungläubig: »Das ist doch wohl ein Scherz.« Als ich dann in der Stube stand, klappte auch bei ihr der Kiefer herunter. Eine Nachbarin, die das gemütliche Kaffeetrio komplettierte, sagte: »Was will denn der Dreikäsehoch hier. Der Junge ist ja total durchnässt.« Sowohl an die Situation als auch an die Worte erinnere ich mich noch heute. Die nun folgenden Ereignisse kenne ich nur vom Hörensagen. Wenige Tage später bekam ich hohes Fieber und klagte gleichzeitig über starke Leibschmerzen. Mutter machte kalte Kompressen an Stirn und Waden, um das Fieber zu senken, und legte mir eine Wärmflasche auf den Bauch. Als am übernächsten Tag das Fieber nicht zurückging und die Leibschmerzen immer stärker wurden, schleppte mich Mutter zu unserem Hausarzt. Als dieser meinen Leib abtastete, wusste er sofort, was los war. »Es handelt sich um eine akute Blinddarmentzündung. Vielleicht ist es aber auch schon zu einem Durchbruch gekommen. Der Junge muss auf dem schnellsten Wege ins Krankenhaus«, war sein Kommentar. Ohne lange zu zögern, fuhr er Mutter und mich in seinem privaten Auto ins Evangelische Krankenhaus in Unna. Dort wurde ich, wie man mir später erzählte, ohne große Vorbereitung auf den Operationstisch gepackt und am Blinddarm operiert. Die schlimmsten Befürchtungen wurden noch übertroffen. Der Blinddarm war bereits geplatzt und der Eiter hatte sich in die Bauchhöhle ergossen. Die Ärzte konnten nicht sagen, ob ich die Operation überstehen werde. Mutter wurde der Vorwurf gemacht, mit mir nicht rechtzeitig einen Arzt aufgesucht zu haben. Mit der Wärmflasche habe sie den Blinddarm erst zum Platzen gebracht.

Mein erster Krankenhausaufenthalt

Als ich in der Nacht aus der Narkose erwachte, wusste ich nicht, wo ich mich befand. Instinktiv rief ich nach der Mutter. Das »Mutti, Mutti!« muss wohl so laut gewesen sein, dass die Frauen, auf deren Station ich untergebracht war, das Licht anmachten und nach der Nachtschwester klingelten. Inzwischen soll ich aber schon dem Bett entstiegen sein, die Zimmertür geöffnet haben und mit Pflaster und großem Wundverband über den Krankenhausflur gewatschelt sein. Ein Arzt und eine Krankenschwester nahmen die Verfolgung auf. Sie folgten bei der Jagd nach mir – dem entlaufenen Knirps – der blutigen Spur, die der sich abwickelnde Wundverband hinterlassen hatte. Erst am Ende des Flures wurde ich wieder eingefangen. Danach muss ich wohl eine Injektion mit einem starken Schlafmittel erhalten haben, sodass ich erst am späten Nachmittag des darauffolgenden Tages aus einem Tiefschlaf erwachte. Meine ersten Worte sollen »Mutti, wo bist du?« gewesen sein. Als ich mich dann herumdrehte und die Augen öffnete, saß die Mutter neben mir und hielt mein kleines Händchen. Sie hatte Tränen in den Augen und seufzte: »Mein Junge, mein Junge, der liebe Gott hat dich nicht sterben lassen.« Nach einer Weile muss ich wohl wieder eingeschlafen sein. Als ich am nächsten Tag aufwachte, war die Mutter nicht mehr an meinem Bett. Da soll ich einen furchtbaren Terz gemacht haben. So erzählten es die Frauen, auf deren Zimmer ich noch immer lag, meiner Mutter, als sie mich am Nachmittag des darauffolgenden Tages wieder besuchte. Es habe ziemlich lange gedauert, bis mich die Frauen und die Ärztin beruhigt hatten. Meine Gefühlswelt muss derart aufgewühlt gewesen sein, dass ich mich beim Anblick der Mutter abrupt wegdrehte und mich weigerte, mit ihr zu sprechen. Ich war dermaßen von ihr enttäuscht und hatte das Gefühl, dass sie nichts mehr von mir wissen wollte. Sonst hätte sie mich doch nicht im Stich gelassen, während ich schlief. Sie redete danach lange auf mich ein und es dauerte auch sehr lange, bis sie mir klarmachen konnte, dass sie nicht nur für mich da sein konnte und dass noch zwei kleine Geschwisterchen da waren, für die sie sorgen musste. Ich wollte doch sicher nicht, dass Klaus und Uschi verhungerten. Ich ließ sie an diesem Tage nicht eher gehen, bis sie mir versprochen hatte, am nächsten Tage wiederzukommen. Seit dieser Zeit hatte sich in mir eine Wandlung vollzogen und ein Abnabelungsprozess begonnen. Mutter kam wie immer regelmäßig nachmittags zur offiziellen Besuchszeit. Besuche außerhalb der vorgeschriebenen Besuchszeit waren nicht erlaubt.

Nun war ich schon 14 Tage im Krankenhaus und aus der für heutige Verhältnisse großen Wunde, die genäht und geklammert werden musste, floss noch immer Eiter. Das Röhrchen, aus dem der Eiter abgeleitet wurde, musste des Öfteren ausgetauscht bzw. desinfiziert werden. Meinen vierten Geburtstag verbrachte ich im Krankenhaus. Mutter brachte mir zum Geschenk Erdbeeren mit. Sie stammten aus Tante Hertas Garten. Sie schmeckten köstlich.

Endlich, nach vier langen Wochen, wurde ich aus dem Krankenhaus entlassen. Wie mir Mutter später erzählte, hatte Vater, als er von meiner schweren Operation erfahren hatte, aus Holland hin und wieder ein Päckchen mit echtem Bohnenkaffee für die Ärzte und Krankenschwestern geschickt, damit sie mich auch gut pflegten. Bohnenkaffee war während des Krieges in Deutschland eine Rarität. Wahrscheinlich hatte Vaters Kaffeespende bei den Stationsärzten und -schwestern etwas geholfen. Sie waren seitdem besonders lieb und nett zu mir. Jedenfalls war ich in meinem kurzen Leben dem Totengräber zum zweiten Male von der Schippe gesprungen.

Wieder zu Hause

Zu Hause angekommen, wurde mein Geburtstag nachgefeiert. Als herausragendes Geschenk erhielt ich ein Dreirad. Vater, der in Uniform – die übrigens einen großen Eindruck bei mir hinterließ – gerade zu einem kurzen Fronturlaub daheim war, hatte zur Überraschung von uns Kindern einige Tafeln Schokolade und Pralinen mitgebracht. Wir Kinder machten in unserem Leben zum ersten Male mit diesem süßen Naschwerk Bekanntschaft. Am meisten hatte ich mich jedoch über das Dreirad gefreut. Ich war ganz euphorisch und ließ keine Gelegenheit aus, damit zu fahren, egal, ob es in der Wohnung, auf dem Flur oder sonst wo war. Mutter und Vater mahnten immerzu, damit nicht zu übertreiben. Ich hätte auf sie hören sollen. Zwei Wochen später musste ich erneut ins Krankenhaus. Ich hatte mir durch das anstrengende Treten beim

Dreiradfahren einen Leistenbruch zugezogen und musste wieder einmal operiert werden. Doch diesmal empfand ich den Krankenhausaufenthalt als nicht so schwerwiegend. Schließlich hatte ich ja schon Routine mit den Abläufen in einem Hospital. Nach einer Woche wurde ich als geheilt entlassen. Danach lief alles wieder in ruhigen Bahnen.

Kriegsalltag mit kleineren und heiteren Episoden

Wir Kinder wuchsen unablässig und hatten stets einen gesegneten Appetit. Hin und wieder nahm Mutter ihren Großen mit zum Einkaufen, was ich aber als langweilig empfand. Eines Mittags gab es bei uns Möhrengemüse mit Mettwurst. Es war nicht unbedingt mein Lieblingsessen und ist es auch heute noch nicht. Als Mutter sah, wie ich mit dem Löffel so lieblos im Gemüse herumstocherte, sagte sie zu mir: »Dieter, das Gemüse ist ein Geschenk vom lieben Gott. Wenn du das Gemüse nicht isst, ist dir der liebe Gott böse.« Darauf soll ich ganz betont geantwortet haben: »Beim Gemüse mag das ja stimmen, aber nicht bei der Wurst. Die Wurst haben wir beide doch heute früh beim Metzger gekauft. Das weiß ich ganz genau!«

Eines Tages hielt ein Pferdefuhrwerk vor unserem Haus. Die Ladefläche war voll beladen mit mannsgroßen Zinkbadewannen. Sie gehörten zur Aktion »Volksbadewanne«. Wir wurden auch mit solch einem Ungetüm beliefert. Meine Eltern wussten gar nicht, wo sie die Wanne abstellen sollten. Zunächst fand sie Platz unter dem großen Küchentisch. Später wurde sie hochkant in der Abstellkammer untergebracht.

Tante Herta und Onkel Willi zogen eines Tages in eine Zechensiedlung am nördlichen Stadtrand von Unna. Wir nannten die Gegend »Kolonie«. Onkel Willi war Grubenschlosser bei der Zeche »Heeren I« und hatte das große Glück, von seinem Arbeitgeber ein kleines Reihenhaus zugewiesen zu bekommen. In unmittelbarer Nähe befand sich auch ein größeres Wehrmachtsarsenal (Heereszeugamt).

Im Jahr 1941 verstarb unsere Urgroßmutter in Friedland/Schlesien. Da unser Urgroßvater keine Angehörigen mehr in Friedland hatte, zog er von dort nach Unna zu seinen Verwandten. Im Hause von Tante Herta und Onkel Willi fand der alte Mann (Jahrgang 1855) eine Bleibe. Tante Herta war seine älteste und unsere Mutter seine jüngste Enkeltochter. Seine beiden Enkeltöchter hatten ihm jeweils drei Urenkel geschenkt. Außerdem wohnte seine verwitwete Schwiegertochter, also Omi, ebenfalls in der Nähe. So hatte die ganze Sippe zusammengefunden. Urgroßvater, man nannte ihn **Moni**, machte einige Male in der Woche von seiner neuen Bleibe aus einen ausgedehnten Spaziergang zu uns, das heißt zur Familie seiner jüngsten Enkeltochter. Das hielt ihn rüstig.

Die Zeit verging. Wir Kinder wuchsen heran. Eine Szene aus unserer Kindheit ist mir noch gut in Erinnerung: An einem regnerischen Nachmittag spielten mein Bruder Klaus und ich auf dem Küchenboden mit Bauklötzen, die wir zu Weihnachten geschenkt bekommen hatten, und bauten damit Häuser, Türme und Brücken. Unsere kleine Schwester Uschi saß wie immer in ihrem Kinderstühlchen und sah uns dabei zu. Sie nuckelte genüsslich am Milchfläschchen, welches ihr die Mutter vorher zubereitet hatte, und ließ ihre Füßchen, die noch nicht bis auf den Boden reichten, hin und her pendeln. Jedes Mal, wenn wir ein Bauwerk vollendet hatten, ging Klaus mit einer höllischen Freude daran, dieses gleich wieder zu zerstören. Klaus' Verhalten fand ich gar nicht so amüsant. Es kam Ärger in mir auf. Bald kochte ich vor Wut und rief die Mutter herbei, um auf Klaus mäßigend einzureden. Das half wenig. Schließlich gab ich das gemeinsame Spielen auf und zog mich zurück. Derweil hatte sich unser Schwesterchen köstlich über unseren Streit amüsiert und hörte nicht mehr auf zu lachen, fuchtelte dazu mit ihren Händchen in der Luft herum, bis ihr das Fläschchen aus der Hand fiel und Klaus von oben bis unten mit Milch besprritzte.

Es muss etwa Mitte 1942 gewesen sein, als Mutter die Nachricht erhielt, dass Vater mit Geschwüren am Zwölffingerdarm von Holland ins Wehrmachtslazarett nach Bochum-Langendreer verlegt worden sei. Da hatte Mutter nichts Eiligeres zu tun, als mit mir per Bahn von Unna nach Bochum zu reisen, um Vater zu besuchen. Wir fuhren vom Kleinbahnhof Königsborn auf einer Nebenstrecke über Dortmund nach Bochum. Ich kann mich heute noch an die unbequemen Holzsitze in den Waggons erinnern. Omi passte derweil auf meine jüngeren Geschwister auf. Da bekannt war, dass Zivilpersonen keinen Zutritt ins Lazarett hatten, versuchten wir, auf die Rückseite des Gebäudes zu gelangen, um Kontakt mit Vater aufzunehmen. Er schien uns schon erwartet zu haben. Er stand schon erwartungsvoll – ich sehe das Bild heute noch – mit einem dunkelblauen Trainingsanzug bekleidet auf dem Balkon seines Zimmers im Erdgeschoss. Auf beiden Seiten war die Wiedersehensfreude groß. Ich weiß nicht, wie lange die Unterhaltung über die Absperrung hinweg dauerte. Dann wurde mein Vater ins

Zimmer zurückgerufen. Mutter und ich traten die Heimfahrt an. Es dauerte noch ein paar Wochen, dann wurde Vater als »wehruntauglich« ausgemustert und kam heim.

Max und Moritz

1942 befand sich Deutschland mitten im Krieg (Zweiter Weltkrieg). Bestimmte Lebensmittel wurden rationiert. Dafür gab es nun Lebensmittelkarten, auf denen die zustehende Menge ausgedruckt war. Soweit ich mich erinnern kann, war u. a. auch die Milchzuteilung davon betroffen. Jeden Vormittag kam in unserer Straße ein mit einem Pferd bespannter Milchwagen vorbei. Auf der Ladefläche hinter dem Kutschbock befanden sich zwei große Edelstahlbehälter, die Voll- bzw. Magermilch enthielten. Die Milchausgabe erfolgte über Zapfhähne, ähnlich wie beim Bierausschank. Vor jedem Haus ließ der Milchverkäufer eine Glocke hell erklingen und aus den Häusern kamen Kinder und Erwachsene herausgelaufen. Sie hatten alle kleine Milchkannen oder Töpfe in den Händen und ließen diese mit Voll- bzw. Magermilch abfüllen. Häufig bekamen mein Bruder und ich von der Mutter auch eine kleine Kanne in die Hand gedrückt, um Milch zu holen. Das haben Klaus und ich immer gerne getan. Es war viel angenehmer, als in die Hausarbeit mit eingespannt zu werden. Gelegentlich legten die Mütter den Kindern das abgezählte Milchgeld in die Kanne und es wurde vergessen, das Geld vor dem Abfüllen der Kanne zu entnehmen. Schadenfreude und Bedauern hielten sich dann in der Schlange der Wartenden die Waage. Nach dem Milchgang kehrten Klaus und ich wieder zurück zum Milchwagen. Herr Kleitmann, so hieß der Milchmann, gestattete uns dann jedes Mal, auf den Kutschbock zu klettern. Das bereitete uns stets ein großes Vergnügen. Wegen unseres unterschiedlichen Aussehens und der Ähnlichkeit mit den Lausbuben aus dem Buch von Wilhelm Busch gab uns Herr Kleitmann die Spitznamen Max und Moritz. Meinen Bruder nannte er Moritz wegen seines blonden Haarschopfes und ich wurde von ihm Max getauft wegen meiner dunklen Haare. Einmal wollten wir Jungen auch mal Kutscher spielen. Wir nahmen die Zügel in die Hände und riefen »Hüh«. Da zog das Pferd tatsächlich an und es gab einen kräftigen Ruck, sodass ein Teil der Milch beim Abfüllen danebenging. Gott sei Dank hatte Herr Kleitmann die Bremse am Wagen angezogen, sodass nichts Schlimmes passieren konnte. Seitdem durften wir aber den Kutschbock nicht mehr besteigen.

Kriegsjahre

Bedingt durch den fortschreitenden Krieg war die Bevölkerung, besonders im städtischen Gebiet, großen Belastungen ausgesetzt. Industriezentren und Großstädte litten zunehmend unter feindlichen Bombenangriffen. Um feindlichen Fliegern bei Dunkelheit kein Angriffsziel zu bieten, wurde von den Behörden angeordnet, dass bei anbrechender Dunkelheit alle Häuser verdunkelt sein müssen. Zu diesem Zwecke besorgte unser Vater schwarze Springrollos, die er an den Fenstern anbrachte. Einmal hatte Vater Spätdienst gehabt und Mutter hatte vergessen, die Fenster zu verdunkeln. Als unser Vater dies bei seiner Rückkehr bemerkte, gab es ein kleines Donnerwetter.

»Willst du, dass wir eine Bombe aufs Haus bekommen oder dass uns ein übereifriger Blockwart bei der Polizei anschwärzt?«, fuhr er Mutter an. Von da an hielt sich unsere Mutter strikt an die Anweisungen.

Fremdarbeiter

Als wir Kinder eines Tages vor dem Hause spielten, begab sich eine Gruppe Fremdarbeiter an den Fensterausschank der Gaststätte »Königsborner Hof«, um Limo oder Mineralwasser zu kaufen. Wenn wir Kinder uns zufällig vor der Gaststätte aufhielten, schenkten sie uns gelegentlich aus Schießdraht geflochtene Körbchen oder Tierfiguren. Anfangs hatten wir uns vor den großen Kerlen, die vermutlich aus Russland oder der Ukraine stammten, ein wenig gefürchtet. Allmählich verloren wir die Furcht vor ihnen. Unsere Eltern gaben uns hin und wieder ein paar Groschen für die schönen Bastelarbeiten der Fremdarbeiter. Diese wiederum freuten sich, wenn sie für ihre Gaben belohnt wurden.

Zusammentreffen mit einem Menschenschinder

Zur besseren Versorgung mit Gemüse hatten unsere Eltern drei kleinere Gartengrundstücke gepachtet, auf denen sie u. a. Tomaten, Bohnen, Erbsen, Gurken, Möhren, Kartoffeln und Blattsalat angepflanzt hatten. Eines der Grundstücke befand sich am Rande einer Wohnsiedlung, ein anderes in der Nähe eines Bahndammes und das dritte Grundstück in gefährdeter Lage bei dem bereits erwähnten Heereszeugamt. Dieses Grundstück brachte wegen des steinigen Bodens nur geringe Erträge hervor. Am fruchtbarsten war das Gartengrundstück auf der Rückseite der Wohnsiedlung. Von nun an »durften« Klaus und ich uns an der Gartenarbeit beteiligen. An den Tagen, wo wir mal etwas ausgefressen hatten, mussten wir zur Strafe im Garten Unkraut jäten. Diese Beschäftigung hassten wir allerdings wie die Pest. Das Gärtchen am Bahndamm erinnert mich an folgende Episode: An einem Samstagnachmittag waren Vater und ich bei der Gartenarbeit, als wir aus der Ferne, von den Bahngleisen herkommend, laute Stimmen und Kommandos hörten. Es näherte sich eine Kolonne russischer Kriegsgefangener, die von der Feldarbeit bei einem Bauern heimkehrte und von einem sadistischen Aufseher gezwungen wurde, auf dem Schotterbett zwischen den Gleisen zu marschieren. Einige der erbärmlich aussehenden, zerlumpten Gestalten ohne gescheites Schuhwerk versuchten immer wieder, wenn der Aufseher nicht hinsah, auf den Gehweg neben dem Bahndamm auszuweichen. Sie wurden aber jedes Mal von diesem Fiesling wieder auf die Gleise gescheucht. Vater sah sich das unmenschliche Spiel eine Weile an, ging dann auf den Menschenschinder zu und wechselte ein paar Worte mit ihm, die ihre Wirkung offensichtlich nicht verfehlten. Augenblicklich befahl der Aufseher den Gefangenen, die Gleise zu verlassen und den Weg zu benutzen. Nicht nur unserem Vater, sondern auch mir hatten die armseligen Gestalten leidgetan. Aus meiner kindlichen Sicht hatte Vater etwas Großartiges getan und war in meiner Achtung ungemein gestiegen. Als ich Vater später fragte, was er dem bösen Aufseher gesagt habe, antwortete er, dass er mit einer Anzeige wegen Sabotage und Arbeitskraftzersetzung gedroht habe.

Kriegsweihnachten

Gerne erinnere ich mich der Kriegsweihnachten. Zu Heiligabend trafen sich alle Verwandten bei uns zu einer kleinen, bescheidenen Feier. Mutter spielte Weihnachtslieder auf dem Klavier und Onkel Willi begleitete sie auf der Geige, während Omi und Tante Herta dazu sangen. Vater und wir Kinder waren das Auditorium. Es gab keine großartige Bescherung. Lediglich wir Kinder bekamen mal einen Pullover, Strümpfe oder Fausthandschuhe, die Omi eigenhändig gestrickt hatte. Einmal erhielten Klaus und ich Skihosen, die Omi für uns geschneidert hatte. Damit hatte sie uns eine Riesenfreude bereitet. Die Erwachsenen erfreuten sich meistens eines Stückchen Kuchens und tranken dazu Malzkaffee (man nannte ihn damals Muckefuck). Trotz der dürftig ausgefallenen Bescherung war die Feier immer etwas Besonderes. Dadurch wurden jedenfalls die verwandtschaftlichen Bande gestärkt.

Winterhilfe

Es war im Winter 1942 – der Zweite Weltkrieg hatte seinen Höhepunkt erreicht –, als Vater von einem NS-Block- oder -Kreisleiter die Weisung erhielt, eine Kleider- und Deckensammlung im Unnaer Stadtteil Königsborn vorzunehmen. Also trommelte unser Vater die älteren Jugendlichen aus der Nachbarschaft zusammen, um sie an der Aktion »Winterhilfe« zu beteiligen. Mit Schlitten – damals gab es noch echte Winter – ging es dann von Straßenzug zu Straßenzug. Der zum Teil festgetretene Schnee knirschte unter den

Schlittenkufen. Schneeflocken wirbelten durch die Luft. Mein jüngerer Bruder und ich durften an dem Unternehmen teilnehmen und hatten dabei unsere helle Freude, wenn wir streckenweise von den größeren Jungen auf deren Schlitten gezogen wurden. Die Leute, an deren Haustüren wir klingelten, gaben bereitwillig von dem, was sie hatten. Sie wussten, dass die Decken und die Bekleidung für unsere kämpfenden Soldaten an der Ostfront bestimmt waren; denn ein früher Wintereinbruch in Russland hatte die deutschen Armeen böse und unvorbereitet überrascht. Am frühen Abend war die Sammlung, die den ganzen Nachmittag in Anspruch genommen hatte, beendet und die fleißigen Helfer wurden mit einem Dankeschön entlassen. Mein Bruder und ich fielen nach dem Abendessen todmüde ins Bett. Mutter brauchte uns diesmal keine Gutenachtgeschichte aus Märchen- und Sagenbüchern vorlesen.

Die Zeit verging. Mein eineinhalb Jahre jüngerer Bruder Klaus und ich spielten bei schönem Wetter mit den Nachbarkindern im nahegelegenen Kaffeewald Verstecken oder machten Ballspiele. Im Frühjahr fingen wir Maikäfer, taten diese in mit Löchern versehene Schachteln und tauschten hinterher Maikäfer, die wir als Müller oder Schornsteinfeger bezeichneten, untereinander aus. Bei schlechtem Wetter spielten wir mit Bleisoldaten, bauten aus Bauklötzen Häuser, Brücken und Burgen oder schauten uns Bilderbücher an.

Risiko »Menschlichkeit«

Einmal erlebte ich mit unserem Vater eine heikle Situation. An unserem Haus führte eine unbefestigte Nebenstraße entlang. Sie wurde häufig als Abkürzung von Zwangsarbeiterkolonnen, die unter Aufsicht in ein nahegelegenes, mit Stacheldraht umzäuntes Lager geführt wurden, benutzt. Das Lager befand sich direkt entlang einer kleinen Bahnstation in unserem Stadtteil Königsborn. Jedes Mal, wenn diese ausgemergelten Gestalten die Straße entlangzogen, ergriff die anliegenden Hausbewohner ein gewisses Mitleid. Eines Abends war ich mit meinem Vater im Hof, als wieder eine Kolonne Zwangsarbeiter – es können auch Kriegsgefangene gewesen sein – in Richtung Lager wankte. Da sah ich, wie Vater einem der Männer einen halben Laib Brot zusteckte. Die Kolonne marschierte weiter, als sei nichts geschehen. Vater und ich befanden uns noch im Hof und versuchten, den Großen Wagen am Sternenhimmel ausfindig zu machen, als plötzlich, wie aus dem Nichts, zwei Gestalten, mit Schlapphüten und Ledermänteln bekleidet, im Hof auftauchten. Sie gingen direkt auf meinen Vater zu und fragten, ob er gesehen habe, wie jemand den Zwangsarbeitern Brot gegeben habe. Vater antwortete mit Nein, er sei gerade in den Hof getreten. Anschließend wurde ich befragt, ob ich zufällig gesehen habe, wie jemand den Leuten in der Kolonne etwas gegeben habe. Instinktiv, eine Gefahr ahnend, antwortete ich ebenfalls mit Nein, wohl wissend, dass dies nicht der Wahrheit entsprach. Die beiden finsteren Gestalten schienen sich mit der Antwort zufriedenzugeben und begaben sich zum nächsten Haus. Vielleicht war es das Parteiabzeichen, welches

Vater zufällig auf seiner Jacke trug, oder die Tatsache, dass sich unsere Antworten deckten, was die beiden Männer dazu bewog, von uns abzulassen. Nach diesem Vorfall begaben wir uns rasch ins Haus. Erst jetzt bemerkte ich, dass Vater kreidebleich im Gesicht war. Den Grund dafür erfuhr ich erst viel später. Eine Anzeige wäre noch die geringste Strafe für sein menschliches Verhalten gewesen.

Die Schulzeit

Im Frühjahr 1943 wurde ich in die achtklassige Volksschule in der Nähe des Bahnhofs Königsborn eingeschult. Bei dem Schulgebäude handelte es sich um einen zweigeschossigen roten Backsteinbau, der in der Nähe des bereits erwähnten Kleinbahnhofs Königsborn lag und unter dem Namen Bahnhofschule (später Overbergschule) bekannt war. Mit gemischten Gefühlen betraten wir i-Männchen, wie man uns nannte, den Klassenraum. Was würde uns hier wohl erwarten, fragten wir uns. Das relativ große Klassenzimmer bot Platz für über dreißig Schüler. Die Sitzbänke bildeten mit den dazugehörenden Schreibpulten eine komplette Einheit. Am oberen Ende der Pulte befanden sich in die Tischplatte eingearbeitete Tintenfässer aus Keramik. Am ersten Schultag passierte nicht viel. Zuerst stellte uns der Schulleiter unseren Klassenlehrer vor. Anschließend wurden unsere Namen aufgerufen und ein jeder musste mit »Hier« antworten. Danach wurden wir Erstklässler auf die Sitzbänke verteilt. Den zugeteilten Platz mussten wir uns genau merken. Der Klassenlehrer hielt noch eine kleine

Ansprache, gab uns einige Verhaltensregeln mit auf den Weg und entließ uns nach Hause.

Erste schmerzhafte Erfahrungen

Am nächsten Tag, der Schulunterricht begann ab jetzt täglich morgens um acht Uhr, mussten sich die Schüler klassenweise auf dem Schulhof aufstellen und nach dem Klingelzeichen in Dreierreihen ins Klassenzimmer einrücken und die eingeteilten Plätze einnehmen. Kurze Zeit später betrat unser Lehrer das Klassenzimmer. Auf ein Kommando erhob sich die Klasse. Der Klassenlehrer grüßte mit »Heil Hitler« und wir Schüler hatten den Gruß ebenfalls mit einem »Heil Hitler« zu erwidern. Anfangs kam der Gruß leise und zögerlich heraus. Das gefiel unserem Lehrer gar nicht. Also befahl er: »Klasse setzen! Klasse aufstehen! Und nun das Ganze noch einmal.« Wir haben das Begrüßungsritual mindestens ein halbes Dutzend Mal geübt, bis unser Klassenlehrer zufrieden war. »So will ich es von nun an jeden Morgen haben«, waren seine Worte. Zuerst wurden wir in den Gebrauch von Griffel und Schiefertafel eingewiesen. Einige einfache Buchstaben, wie zum Beispiel »i« und »o«, durften wir schon auf unsere Tafeln kritzeln. Wir erlernten die lateinische Schrift und nicht die Sütterlinschrift, wie sie unsere Eltern noch gelernt hatten. Später kam das Schreiben von Zahlen hinzu. Unser Lehrer war ein strenger Lehrmeister. Er war von kleiner, rundlicher Gestalt, trug einen Oberlippenbart, auf dem Revers seiner Jacke prangte ein rundes goldenes Abzeichen und seine dicken Finger umklammerten krampfhaft ein ca. 50 cm langes, biegsames Rohrstöckchen, das stets einsatzbereit war, wenn sich eine Gelegenheit zum Zuschlagen bot. Er achtete genau darauf, dass wir die Buchstaben und Zahlen ordentlich niederschrieben. Eines Tages bemerkte er, dass ich den Griffel in der linken Hand hielt. Er erklärte mir, dass man in Deutschland mit der rechten und nicht mit der linken Hand schreibe. Daraufhin musste ich meine linke Hand über ein leeres Tintenfässchen, welches in die Tischplatte eingelassen war, legen und im gleichen Augenblick haute er mit seinem Stöckchen, das er stets parat hatte, mit voller Wucht auf meinen linken Handrücken. Dieser schwoll im Nu an. Ich hatte heftige Schmerzen, schrie auf und brach gleich in Tränen aus. »Ein deutscher Junge weint nicht«, bekam ich von ihm zu hören. Diesen Vorfall hatte ich nach Schulschluss sofort meinen Eltern erzählt. Meine Eltern waren ganz aufgebracht und wollten am nächsten Tag beim Schulleiter vorsprechen. Als ich Vater gegenüber etwas von dem runden goldenen Abzeichen, das der Herr Lehrer auf seinem Anzug trug, erwähnte, zog er die Augenbrauen hoch und sagte: »Da müssen wir vorsichtig sein.« Der Gang zum Schulleiter fiel aus. Ich ging mit verbundener linker Hand am nächsten Tag wieder zur Schule.

Ungeachtet der Strenge haben wir Schüler viel gelernt, oder besser gesagt lernen müssen. Mit dem Schreiben, Lesen und Rechnen machten wir gute Fortschritte. Es wurden viele Diktate geschrieben, viel wurde auswendig gelernt und Kopfrechnen geübt. Beim Kopfrechnen bekamen wir einfache Kettenaufgaben zu lösen. Unser Lehrer erwartete, dass alle Schüler das jeweilige Ergebnis wussten und sich meldeten. Wer das Ergebnis nicht wusste, musste hervortreten, sich bücken und bekam anschließend eins mit dem berühmten Stöckchen übergezogen. Dies führte dazu, dass wir uns einen Trick ausdachten und uns alle meldeten, wenn nach dem Ergebnis gefragt wurde, auch dann, wenn man das Endergebnis nicht wusste. Aus der Vielzahl der Meldungen suchte sich unser Lehrer nun immer einen Schüler heraus. Häufig hatte dieser das richtige Ergebnis auch parat. Unser Klassenlehrer schien zufrieden zu sein. Ich weiß nicht, ob er unseren Trick durchschaut hatte. Am Ende des Schuljahres wurden Zeugnisse ausgeteilt. Meins enthielt u. a. den Vermerk »Dieter hat einen guten Anfang gemacht«. Obwohl ich einer der Kleinsten in meiner Klasse war, wurde ich den geistigen Herausforderungen stets gerecht.

Es war ein schöner Frühlingsmorgen. Ich befand mich mit drei anderen Schülern auf dem Weg zur Schule. Auf dem großen Schulhof ging unser Schulleiter auf und ab. Als wir auf seiner Höhe waren, grüßten wir mit erhobenen Armen zackig mit »Heil Hitler«. Der Schulleiter grüßte zurück und rief mich zu sich. Kaum stand ich vor ihm, verpasste er mir eine saftige Ohrfeige und ging weiter. Ich kannte den Grund seiner Handlungsweise nicht. Mir standen die Tränen in den Augen. Anschließend fragte ich meine drei Schulkameraden nach dem Grund für die Ohrfeige. Sie grinsten und sagten: »Du hast ja auch den **linken** Arm zum Gruß erhoben.« Niemand hatte mir vorher gesagt, dass der Deutsche Gruß mit rechts zu erfolgen habe. Darf man denn gar nichts mehr mit links machen, fragte ich mich als geborener Linkshänder. Einer der schönsten Schultage war immer der 20. April, an dem morgens unter Absingen des Deutschlandliedes eine Flaggenparade auf dem Schulhof stattfand, der Schulleiter eine Ansprache hielt und wir Schüler anschließend schulfrei hatten. Alle Häuser waren an diesem Tage beflaggt. Wie ich erst hinterher erfuhr, hatte der Führer an diesem Tag Geburtstag. Auch das hatte mir niemand zuvor gesagt. Meine Eltern waren irgendwie politisch desinteressiert. Das musste ich im Nachhinein feststellen.

Fliegeralarme

Der Krieg – er ging als der Zweite Weltkrieg in die Geschichte ein – hatte Deutschland mit voller Wucht erfasst. Immer häufiger wurde meine Heimatstadt Unna, welche an der östlichen Peripherie der Industriestadt Dortmund liegt, von Luftangriffen heimgesucht. Jedes Mal, wenn durch mehrfaches lautes Sirenengeheul Fliegeralarm angekündigt wurde, schickte der Schulleiter die Schüler nach Hause, mit der Maßgabe, schnell einen Luftschutzbunker aufzusuchen. So manches Mal hatte ein Fliegeralarm uns vor unangenehmen Diktaten oder Rechenarbeiten gerettet. In den Schulpausen taten sich vornehmlich die älteren Schüler immer wichtig mit ihren Kenntnissen über Flugzeuge und Panzer. Da war die Rede vom Karabiner K 98k, MG 42, vom Panther, Tiger und Königstiger, vom Sturzkampfbomber Ju 87 (Stuka), Ju 88, He 111, Messerschmitt Me 109, Focke-Wulf 190. Sogar alliierte Panzer- und Flugzeugtypen waren bekannt, wie zum Beispiel der Sherman-Panzer oder die Bomber vom Typ B-17 oder Lancaster. Auch von Jagdflugzeugen der Typen Hurricane und Spitfire war öfters die Rede.

Luftangriffe

Eines Nachts waren Vater, Klaus und ich Zeugen eines Luftangriffs auf die Nachbarstadt Dortmund. Es war eine klare Nacht. Das Dröhnen der Flugzeugmotoren war weithin hörbar. Flakscheinwerfer suchten wie mit Geisterfingern den Himmel nach Flugzeugen ab. Alsbald hatten die auf einen bestimmten Punkt konzentrierten Scheinwerfer einen vorausfliegenden Bomber im Visier und die Flak eröffnete das Feuer aus allen Rohren. Es handelte sich dabei offensichtlich um einen Pfadfinder, der dem Pulk vorausflog und durch Abwurf sogenannter Christbäume das Zielgebiet mit Hunderten brennender Phosphorkugeln markierte. Die nachfolgenden und in großer Höhe fliegenden Bomber ignorierten das Geschützfeuer und warfen ihre tödliche Fracht über dem Zielgebiet ab. Das Krachen der Bomben und das Ballern der Flak vermischten sich zu einem Inferno. Nach ca. zwanzig Minuten war der ganze Spuk vorbei. Die feindlichen Flugzeuge drehten ab und hinterließen eine brennende Stadt. Der westliche Nachthimmel war feuerrot. Nach diesem Erlebnis war an ein Einschlafen nicht mehr zu denken. Wir Kinder waren total aufgewühlt. Am nächsten Tag war der miterlebte Bombenangriff auf Dortmund das Hauptgesprächsthema. Viele der Mitschüler hatten dieses Spektakel, genau wie wir, auch miterlebt.

Ein weiterer schwerer Luftangriff mit nachhaltigen Folgen ereignete sich Mitte Mai des Jahres 1943 auf die Möhnetalsperre im Sauerland. In einer konzertierten Aktion griffen drei britische Staffeln nachts mit für diesen besonderen Zweck umgerüsteten Lancaster-Bombern sämtliche Talsperren im Sauerland an. Sie hatten Spezialbomben in ihren Abwurfschächten, sogenannte »Rollbomben«, die in der Lage waren, die Torpedofangnetze an den Sperren wie ein flacher Kieselstein zu überspringen und die Staumauer zu treffen. Den größten Schaden hatte die Möhnetalsperre abbekommen. Ausgerechnet beim letzten Zielanflug eines Lancaster-Bombers erhielt die Staumauer, wie man später erfuhr, einen Volltreffer. Mit einem Schlag ergossen sich 135 Millionen Kubikmeter Wasser in das Möhnetal und von dort aus in das Ruhrtal. Über 1200 Menschen kamen in dieser Nacht in den Fluten ums Leben. Dieser Angriff traf nicht nur die Zivilbevölkerung, sondern auch den Nerv des Industriegebietes. Die vom Wasser der Ruhr abhängige Industrie, wie Kohle-, Stahl- und Rüstungsbetriebe, musste die Produktion für eine Weile einstellen. Die Bevölkerung, die ihr Trink- und Brauchwasser von der Ruhr bezog, konnte einige Wochen lang nicht mehr mit dem kostbaren Nass versorgt werden, da die Kläranlagen ausgefallen bzw. beschädigt waren. Ich kann mich noch gut erinnern, wie die Familien mit Eimern und Kannen ihr Wasser aus einem kleinen Bächlein im eingangs erwähnten Kaffeewald geschöpft haben. Für die Essenszubereitung musste das Wasser vorher abgekocht werden, um die darin enthaltenen Krankheitskeime abzutöten. Auch für den Toilettengang musste das Wasser reichen.

System Draht- bzw. Klingelfunk

Als Vorwarnsystem zum Schutze der Zivilbevölkerung wurde so etwas wie ein Draht- oder Klingelfunk eingerichtet, welcher verschlüsselt vorzeitig anfliegende Bomberverbände meldete. Unser Vater besaß zu dieser Zeit ein Spitzenradio, welches sich von den damaligen handelsüblichen Geräten der Marke **Volksempfänger** durch bessere Qualität und besseren Empfang über Kurz-, Mittel- und Langwelle abhob. Das Gerät war mit einer zusätzlichen, vom Vater gebastelten Antenne (Dipolantenne?) verbunden, sodass nicht nur ein oder zwei, sondern mehrere Sender empfangen werden konnten. Dieses Radio war Vaters kostbarster Schatz. Wir hatten daheim eine Landkarte mit lauter Städtenamen und Planquadraten, mit der wir Kinder nichts anzufangen wussten. Diese Karte diente, wie mir Vater später erklärte, zur Erfassung der Flugrichtung alliierter Bomberverbände. Bei einem Anflug feindlicher Flugzeuge lautete die Ansage etwa wie folgt: »Achtung! Achtung! Feindliche Verbände über Anton–Nordpol, weiter in Richtung Berta–Siegfried.« Es war Mittagszeit und wir waren gerade beim Essen, als wieder eine Nachricht über den Klingelfunk kam und unser Vater zur Mutter sagte: »Bomber über Essen.« Bruder Klaus und ich hörten das. Wir schauten unwillkürlich nach oben und hielten nach Flugzeugen Ausschau. Nach einer Weile sagten wir fast einstimmig: »Über unserem Essen ist aber nichts zu sehen.« Diese unsere Bemerkung löste beim Vater ein Schmunzeln und bei unserer ansonsten ernsten Mutter ein herzhaftes Lachen aus. An einem Nachmittag, wir Kinder spielten wie üblich im Hof, wurden wir Zeugen eines Luftkampfes. Es war spannend, dem Ereignis zuzusehen. Zwei Flugzeuge umkreisten sich eine Weile und plötzlich trennte sich eine Tragfläche vom Rumpf einer Maschine. Die Maschine stürzte in Trudelbewegungen vom Himmel, bis wir sie nicht mehr sahen. Ob sich der Pilot retten konnte, haben wir nicht in Erfahrung gebracht.

Hitlerjugendausbildung

An Nachmittagen sah man des Öfteren ein Fähnlein Hitlerjungen (HJ) – eine von Hitler ins Leben gerufene Jugendorganisation – singend und trommelnd durch die Stadt marschieren. Vor meinem geistigen Auge sehe ich heute noch die hellbraunen Hemden und die kurzen schwarzen Cordhosen, die die Hitlerjungen trugen. Die Lederschuhe hatten am Absatz Hufeisen und die Sohle war mit breiten Nägeln gespickt, was beim Marschieren bei Passanten und Zuschauern einen martialischen Eindruck hinterließ. Die großen Trommeln trugen ein schwarzes Flammenmuster auf weißem Untergrund. Nicht nur Hitlerjungen, auch uniformierte Abordnungen des Bundes Deutscher Mädchen (BDM) sah man singend durch die Stadt marschieren. Eines der Lieder ist mir im Gedächtnis haften geblieben. So lautete u. a. ein Vers: »Wir waren im Osten, wir waren im Westen, in der Heimat, da ist's am besten.«

Bei schönem Wetter fanden mit Hitlerjungen auf einem nahegelegenen Sportplatz vormilitärische Übungen statt. Wir, die 7- bis 9-jährigen Kinder, schauten dabei zu. Eines Nachmittags wurden wir Zeugen, wie ein etwa 18-jähriger Ausbilder einen Jungen, den er offensichtlich auf dem Kieker hatte, strafexerzieren ließ. Das

Verhalten des Ausbilders grenzte schon an Schikane, würde man heute sagen. Schließlich brach der Junge weinend aus der Gruppe aus und lief davon. Es dauerte nicht lange, da kehrte der kleine Hitlerjunge mit seinem Vater, einem dekorierten Frontsoldaten, der bei seiner Familie einen Kurzurlaub verbrachte, an den Ort des Geschehens zurück. Der Fronturlauber schritt auf den Fähnleinführer zu, packte diesen bei der Krawatte, schüttelte ihn ordentlich durch und schrie ihn an: »Wenn du noch einmal mit meinem Sohn, es ist mein einziger, so verfährst, wie mir geschildert wurde, dann sorge ich dafür, dass du schneller an der Front bist, als es dir lieb ist. Dort kannst du dich dann beweisen, anstatt in der Heimat unsere Kinder zu schleifen.« Sprach's, drehte sich um und zog mit seinem Sohn davon. Der Fähnleinführer war bei dieser Vorstellung ganz blass geworden. Er ließ das Häuflein antreten und marschierte mit ihm von dannen.

Sprüche und Parolen

Auf dem Schulwege und auch auf dem Wege in die höhergelegene Altstadt sah man an Häuserwänden und Litfaßsäulen immer häufiger Plakate mit der Parole: »**Psst!! Feind hört mit!**« Ein anderer Spruch ist mir ebenfalls noch in Erinnerung geblieben: »*Ihr lieben Leute groß und klein – fangt Kohlenklau und sperrt ihn ein.*« An den Frontfassaden der beiden Unnaer Bahnhöfe waren Spruchbänder angebracht mit der Aufschrift: »**Räder müssen rollen für den Sieg.**« Ich wusste nicht, was diese Parolen zu bedeuten hatten, und musste mich erst von meinen Eltern darüber aufklären lassen.

Klaus' Bekanntschaft mit einem Beiwagenkrad

Die Kriegsfront im Westen rückte immer näher. Deutsche Truppen wurden im Sommer 1944 ganz plötzlich an die Westfront verlegt. Im Rahmen dieser Verlegung machte eines Tages auch eine Fernmelde-Einheit im Hof und auf der Wiese unseres Vermieters kurzfristig Biwak. Nicht nur Klaus und ich, sondern auch einige Nachbarkinder waren neugierig und bestaunten die Soldaten und deren Fahrzeuge. Meinem Bruder hatte es ein Beiwagenkrad (Zündapp?) angetan. Ohne groß zu fragen, schwang er sich auf die Maschine, spielte dabei an den Hebeln und Schaltern, bis er aus Versehen die Bremse gelöst hatte und mitsamt dem Krad langsam wegrollte. In diesem Augenblick lief schnell einer der Soldaten herbei, zog die Bremse wieder an und hob meinen Bruder aus dem Sattel. Zu unserer Überraschung gab es keine Schelte, dafür aber ein Gelächter der umstehenden Soldaten. Ich muss sagen, Soldaten genossen bei mir immer eine große Wertschätzung. Sie zählten zu meinen Idolen der damaligen Zeit. Ich hatte mir damals vorgenommen, später auch einmal Soldat zu werden.

Besuch von Onkel Bernhard

Eines Abends klingelte es an unserer Haustür. Wir erwarteten keinen Besuch. Wer mochte das wohl sein? Vater ging die Treppe hinunter zur Haustür, um zu sehen, wer geklingelt hatte. Die Küchentür stand einen Spalt weit offen, sodass man etwas im Hausflur hören konnte. Es waren Männerstimmen. Es hörte sich an wie eine herzliche Begrüßung. Sie kamen die Treppe herauf. Kurz darauf erschien Vater mit einem für uns Kinder fremden Mann in Uniform. Unsere Mutter machte ein etwas erstauntes Gesicht. Sie konnte die uniformierte Person nicht sofort zuordnen, bis Vater sagte: »Helma, das ist doch mein Vetter Bernhard aus Schlesien.« Beim Anblick der Uniform waren wir Kinder zunächst ängstlich und zurückhaltend, gewannen aber bald Vertrauen zu unserem Besucher. Wir nannten ihn sogleich Onkel Bernhard. Er war nicht hochnäsig, eher gesellig und auch nett zu uns Kindern. Gleich entdeckte mein Adlerauge eine Pistole am Koppel von Onkel Bernhard. Sie erregte sofort meine ganze Aufmerksamkeit. Ich bat Onkel Bernhard, mir die Pistole einmal zu zeigen. Das tat er auch bereitwillig. Nachdem er das Magazin entfernt hatte, durfte ich mir die Waffe genauer ansehen. Sie war nicht besonders groß. Onkel Bernhard sagte, das sei eine Polizeipistole, Kaliber 7,65 mm. Im Verlaufe des Abends stellte sich heraus, dass Onkel Bernhard Major bei der Schutzpolizei war und sich mit der Bahn auf der Durchreise von Dresden oder Leipzig nach Mannheim befand. Sein Zug ging erst am nächsten Morgen. Selbstverständlich wurde er von den Eltern zum Abendessen eingeladen und gebeten, bei uns zu übernachten. Vater schien große Stücke auf ihn zu halten. Als wir Kinder am nächsten Morgen aufwachten, war Onkel Bernhard schon abgereist. Da waren wir etwas traurig und enttäuscht. Vorher hatte er sich noch von den Eltern verabschiedet. Wir haben ihn nie wiedergesehen. Nach dem Zweiten Weltkrieg hatte unser Vater versucht, ihn ausfindig zu machen. Alle Bemühungen waren erfolglos. Auch über das Rote Kreuz war nichts über ihn zu erfahren. Nach vielen Jahren traf unser Vater während eines Schlesiertreffens jemanden, der Vaters Vetter kannte. Er wusste auch nicht viel über ihn zu berichten. Aber eine Bemerkung prägte sich unser Vater ein: Er, Onkel Bernhard, habe zwar vielen Menschen geholfen, aber er habe sich nicht mehr selber helfen können. Vielleicht hatte ihm seine Weigerung, der Partei beizutreten, das Genick gebrochen? Vielleicht hatte er Verbindung zum Kreisauer Kreis? Wer weiß. All diese Fragen werden wohl nie beantwortet werden.

Prekäre Ernährungslage

Ab Spätsommer des Jahres 1944 wurde die Gesamtsituation für die deutsche Zivilbevölkerung immer schwieriger. Nicht nur, dass die Lebensmittelversorgung prekär war, sondern auch die Luftangriffe wiesen bei Tag und bei Nacht zunehmende Tendenz auf. Bestimmte Lebensmittel wurden rationiert und waren nur gegen Vorlage einer Zuteilungskarte mit entsprechenden Coupons zu bekommen. Mit der Fleischzuteilung war es besonders schlecht bestellt. Die Menschen waren froh, wenn sie ab und zu eine Ration Pferdefleisch bei unserem Pferdemetzger **Henning** ergattern konnten. Kein Wunder, dass sich die Volksseele in folgendem Vers, nach der Melodie von Lili Marlen (Vor der Kaserne …), Luft machte:

>»Rindfleisch ist teuer, Schweinefleisch ist knapp,
>da gehen wir zu Henning und kaufen uns Trab-Trab,
>und alle Leute sollen seh'n, wie wir bei Henning Schlange
>steh'n für eine Mark und zehn.«

Trotz der schwierigen Lage hatte unser Vater seinen Humor nicht verloren. Wenn wir Kinder zum Beispiel die Mutter fragten, was es zum Mittagessen gebe, mischte sich Vater ein und antwortete in seinem unverkennbaren schlesischen Dialekt: »Kliesla, Fleesch und Tunke!« Es sollte heißen: Klöße, Fleisch und Sauce. Als die Versorgungslage dermaßen prekär wurde, antwortete Vater auf die Frage, was es denn heute zum Mittagessen gebe: »Vier Kliesla und a Katzla!« Es sollte heißen: vier Klöße und eine Katze.

Irgendjemand hatte versucht, uns Kindern die Angst vor den Bomben zu nehmen, und folgenden Vers erfunden:

»Achtung, Achtung! Ende, Ende! Überm Kuhstall sind Verbände. Da kommt der Lange mit der Stange und macht die Fliegerbombe bange.«

Das Leben im Luftschutzkeller

Mit Zunahme der Bomberangriffe, vornehmlich auf das Ruhrgebiet mit seinen Zentren der Kohle-, Stahl- und Schwer- bzw. Rüstungsindustrie, gab es nicht nur Produktionsausfälle in den Fabriken, sondern auch auf anderen Gebieten. So kam es, uns Schüler betreffend, immer häufiger zu Unterbrechungen des Schulunterrichtes. Beim Ertönen der Sirenen hasteten Lehrer und Schüler aus den Klassenräumen in die nächstgelegenen Luftschutzbunker. Dieses Szenario wiederholte sich manchmal zwei- bis dreimal am Tag. Am schlimmsten war es des Nachts, wenn man durch Sirenengeheul aus dem Tiefschlaf gerissen wurde. Die Hausbewohner, insgesamt neun Familien, begaben sich in den provisorisch zum Luftschutzbunker umfunktionierten Großkeller der Hotelbesitzerfamilie. Unsere kleine Schwester Uschi schnappte sich dann jedes Mal ihr kleines Köfferchen und sagte: »Bum, bum, Deller dehn (Bum, bum, Keller gehen).« Zwischen Bier-, Kohlen- und Vorratskellern waren Feldbetten, Bänke und Stühle aufgestellt worden. So manches Mal verbrachten wir die ganze Nacht bis zum frühen Morgen in den nach Trester, Kohle und Abfällen riechenden, feuchten Kellerräumen, während draußen die Bomben detonierten, tiefe Krater rissen und das Haus zum Beben brachten. Fensterscheiben zerbarsten dabei so manches Mal. Putz bröckelte von Decke und Wänden und die von der Decke herabhängenden Beleuchtungskörper begannen hin und her zu pendeln. Eine der Pendellampen hatte keine Glühbirne mehr. Einer der Nachbarjungen sah darin eine willkommene Gelegenheit, an der Strippe hin und her zu schwingen. Dabei geriet er mit einem seiner Daumen in die leere Fassung und fing an zu zittern und zu schreien. Zufällig sah der Hotelbesitzer die Situation und schaltete die in der Nähe befindliche Sicherung aus. Wie ein nasser Sack plumpste Siegfried, so hieß er, auf einen kleinen Koksberg und kam mit einem Schock davon. Am Morgen stellten wir jedes Mal erleichtert fest, dass unser Haus wieder einmal glimpflich davongekommen war. Ab Herbst 1944 verbrachten alle Hausbewohner die meiste Zeit in dem nasskalten Luftschutzkeller. Häufig legten wir uns abends schon mit voller Montur ins Bett, da wir genau wussten, dass gegen Mitternacht – man konnte fast die Uhr danach stellen – britische Lancaster-Verbände unsere Stadt überfliegen bzw. ihre todbringende Last abwerfen würden. Bald konzentrierten sich die Luftangriffe auch auf Unna. Als mittlere Industriestadt war Unna ein lohnendes Ziel. Außerdem gerieten ein großer Kasernenkomplex im Süden und ein riesiges Heereszeugamt im Norden der Stadt ins Visier der angreifenden Bomberverbände.

Unna im Visier alliierter Bomber

Ich kann mich noch sehr genau an einen der schlimmsten Angriffe auf meine Heimatstadt Unna erinnern. Es geschah am 19. September 1944, einem schönen, ruhigen Herbsttag. Onkel Willi hatte Geburtstag. Urgroßvater (Moni) hatte uns besucht und bei uns zu Mittag gegessen. Gegen zwei Uhr begab er sich, wie immer, zu Fuß auf den Heimweg, um noch rechtzeitig zur Geburtstagsfeier von Onkel Willi zu erscheinen. Es waren kaum zwanzig Minuten nach seinem Weggang vergangen, als ein durchdringendes Sirenengeheul die Mittagsstille unterbrach. Aus allen Stadtteilen war das infernalische Geheul der Sirenen zu hören. Die Bevölkerung hastete in die Luftschutzkeller. Passanten suchten eiligst die nächstgelegenen öffentlichen Schutzbunker auf, während ein großer Bomberverband, der sich aus amerikanischen B-17-Bombern zusammensetzte, Kurs auf Unna nahm. Dieser Flugzeugtyp konnte in sehr großen Höhen operieren und war für die deutsche Flak kaum erreichbar. Gerade kamen die letzten Hausbewohner die Kellertreppe hinuntergestürmt, da gab es einen ungeheuren Schlag, der das ganze Haus erzittern ließ, begleitet von einer ohrenbetäubenden Detonation, sodass alle Hausbewohner glaubten, das Haus habe einen Volltreffer erhalten. Von nun an kam Schlag auf

Schlag. Die kleineren Kinder fingen an zu schreien, einige Erwachsene begannen zu beten und wir Jungen rissen uns zusammen und versuchten keine Regung zu zeigen, obwohl wir am ganzen Körper zitterten. Wir hielten uns die Ohren zu. Eine Verständigung war bei dem Inferno ohnehin nicht möglich. Der Keller bebte in seinen Grundmauern. Ein nicht enden wollender Bombenhagel ging auf Unna hernieder. Ziel des Angriffes waren die Industriebetriebe, der Bahnhof, die Gleisanlagen, die SS-Kasernen und vor allem das Heereszeugamt. Nach knapp 15 Minuten, die allen wie eine kleine Ewigkeit vorkamen, war die erste Angriffswelle vorüber, als kurz darauf die zweite Angriffswelle folgte. Nach den Sprengbomben der ersten Welle ließ die zweite Welle die schrecklichen Brandbomben, deren Inhalt hauptsächlich aus Phosphor bestand, auf die Stadt herniederregnen. Sobald diese Bomben zerbarsten und der darin enthaltene Phosphor mit Sauerstoff in Berührung kam, entwickelte sich ein Flammenmeer, das nicht mehr zu löschen war.

Onkel und Tante werden obdachlos

Plötzlich kam eine fremde Frau, total aufgelöst, die Kellertreppe hinuntergestürmt und schrie: »Das Heereszeugamt hat es voll erwischt, die umliegenden Straßen und Häuser stehen in Flammen.« Unsere Mutter sprang wie elektrisiert auf und sagte: »Um Gottes willen, da wohnt doch meine Schwester. Ich muss sofort dorthin.« Kaum hatte sie den Satz ausgesprochen, da schnappte sie uns drei Kinder, hastete die hohe Kellertreppe hinauf, packte Uschi und Klaus in den offenen Kinderwagen und mich an der

Hand haltend stolperte sie auf die mit Trümmern übersäte Straße. Die Hausbewohner versuchten sie zurückzuhalten. Sie riefen laut: »Frau Rösel, sind sie wahnsinnig, der Fliegeralarm ist noch nicht aufgehoben. Jeden Augenblick kann ein neuer Angriff erfolgen.« Mutter ignorierte alle Warnungen und eilte mit uns Kindern in Richtung Heereszeugamt. Die Luft stank merkwürdig. Trümmer und glimmende Dachbalken lagen auf der Straße. Aus einigen Gebäuden schlugen hohe Flammen und aus nördlicher Richtung kam uns eine dicke Rauchwolke entgegen. Sie wies uns den Weg zum Ort des Grauens. Genau dort, in der Grillostraße, wohnten Tante Herta und Onkel Willi mit ihren drei Kindern sowie Ur-großvater Ulber. Die Grillostraße verlief parallel zum Hallen- und Gebäudekomplex des Heereszeugamtes. Der Weg dorthin wurde immer beschwerlicher. Trümmer und Bombentrichter mussten umgangen werden. Man musste höllisch aufpassen, um nicht mit den Flammen in Berührung zu kommen. Sogar das Mauerwerk brannte. Fürchterliche Schreie drangen aus den zerstörten Häusern ins Freie. Einmal glaubte ich eine Gestalt im brennenden Dachgebälk eines Hauses gesehen zu haben. Mutter sagte zu uns: »Kinder, seht da nicht hin!« Hin und wieder krachte es rechts und links neben uns, wenn eine Hauswand einstürzte oder ein Dach-stuhl funkenstiebend in sich zusammenstürzte. Endlich erreichten wir das Haus meiner Tante. Es war stark beschädigt und offen-sichtlich so schnell nicht wieder bewohnbar. Viele Nachbarhäuser waren nur noch Ruinen. Unsere Verwandten hatte es auf dem Wege zu einem öffentlichen Luftschutzbunker kalt erwischt. Bei dem Wettlauf zum Bunker hatten sie sich aus den Augen verloren. Als die ersten Bomben fielen, warfen sich einige instinktiv in einen

Straßengraben, bis auf meinen jüngeren Vetter Georg. Ihn fand man unter einem Erdhügel begraben. Mit bloßen Händen wurde er freigebuddelt. Bei einem anderen Kind schauten nur noch die Füße aus einem Schutthaufen heraus. Beide Kinder konnten gerettet werden. Sie trugen Verletzungen und einen Schock davon. Die Familie von Tante Herta war Gott sei Dank mit dem Leben davongekommen. Sie war aber von nun an obdachlos. Die Familienangehörigen wurden aufgeteilt und von nahestehenden Verwandten aufgenommen. Meine Eltern nahmen meinen Vetter Georg bei uns auf. Aber was geschah mit unserem Urgroßvater. Auch er kam wie durch ein Wunder mit dem Leben davon. Seine Rettung hatte er seinem späten Aufbruch bei uns zu verdanken. Dadurch kam er nicht mehr zu seinem obligatorischen Mittagsschläfchen. Dieser Umstand rettete ihm das Leben. Ansonsten wäre er in seinem Dachstübchen bei lebendigem Leibe verbrannt. Vetter Georg fand bei uns eine vorübergehende Bleibe. Urgroßvater (Moni) blieb bis zu seinem Tode bei uns. Dieser denkwürdige Tag hatte noch ein weiteres tragisches Ereignis. Ganz in unserer Nähe hatten sich Anlieger außerhalb ihrer Häuser in Eigenleistung einen Luftschutzbunker gebaut, in der Hoffnung, dass er einem Bombardement standhalten würde. Dies war leider nicht der Fall. Bei dem schweren Angriff wurde der Bunker total zugeschüttet und sechzehn Insassen starben.

Vater, der an diesem besagten Tag im Dienst war, hatte von Mutters leichtfertigem Unterfangen nichts mitbekommen. Erst als er abends vom Dienst nach Hause kam und Urgroßvater und Vetter Georg bei uns antraf, erfuhr er von dem schlimmen Geschehen. Als er aber von Mutters leichtsinnigem Verhalten hörte, war er förmlich außer sich. Er warf ihr u. a. vor, nicht nur **ihr** Leben, sondern auch das Leben von uns Kindern unnötig aufs Spiel gesetzt zu haben. Sie hätte zumindest bis zum Ende des Fliegeralarms warten sollen. Durch ihre bloße Anwesenheit hätte sie ohnehin keine weiteren Luftangriffe verhindern können, war sein Argument. Der Urgroßvater konnte unserem Vater nur beipflichten.

Wie ging es nun weiter? Also, Urgroßvater Ulber blieb fortan bei uns, während Vetter Georg nur für wenige Tage bei uns verweilte. Vor seinem Weggang lieferte er sich allerdings mit unserer Schwester noch eine ordentliche Kissenschlacht, dass die Federn nur so flogen.

Urgroßvater »Moni« und seine Urenkel

Das Kriegsgeschehen verlagerte sich im Westen immer näher in Richtung Reichsgebiet. Familien aus den umkämpften Gebieten wurden evakuiert. Im Hause unseres Vermieters zogen Flüchtlinge aus Aachen, Düren und Eschweiler in leerstehende Hotelzimmer ein. Eines Tages erhielt mein Vater einen Einberufungsbefehl zu einem Arbeitseinsatz in der Nähe von Aachen. Es sollten dort Panzergräben ausgehoben werden. Der Spuk dauerte aber nur wenige Tage, dann war unser Vater wieder zu Hause. Durch die Aufnahme des 89-jährigen Urgroßvaters kam eine schwere Belastung auf unsere Familie zu. Er musste versorgt und betreut werden. Mutter sorgte für Essen, Kleidung und Wäsche. Vater war für Rasieren, Haareschneiden und Baden zuständig. Einmal in der Woche wurde Opa in der großen Volksbadewanne gebadet. Später übernahmen Klaus und ich, als wir schon älter waren, das Rasieren (einmal in der Woche) und verdienten uns jedes Mal zwischen fünfzig Pfennig und einer Mark Taschengeld. Im Nachhinein kann ich sagen, dass unser Opa ein ruhiger, lieber und bescheidener Mensch war. Er hatte bei uns ein Zimmer nach Süden mit Blick ins Grüne, auf eine mit Bäumen bestandene Nutzgartenanlage. In seinem Zimmer befanden sich außer einem Schrank und einer Liege noch ein Klavier und ein Tisch, an dem Klaus und ich unsere Schularbeiten machten. Tagsüber saß Opa in seinem großen aus Weidengeflecht bestehenden Lehnstuhl. Dieses gute Stück konnte noch aus den Trümmern des zerbombten Hauses in der Grillostraße gerettet werden. Unserem Opa haben Klaus und ich viel zu verdanken. Er beschäftigte sich viel mit uns beiden. Nicht nur, dass er uns bei den Schulaufgaben behilflich war, sondern er machte auch Spiele mit uns, wie zum Beispiel Mühle und Dame oder »Mensch ärgere Dich nicht«. Außerdem machte er mit uns Ratespiele. Es mussten Flüsse, Städte oder Länder, deren Anfangsbuchstaben zum Beispiel mit **A** oder **B** beginnen, geraten werden. Diese Übungen verhalfen Klaus und mir letztendlich auch zu guten Noten in der Schule.

Manchmal waren Klaus und ich echte Lausbuben. Da fiel uns so manches Mal nichts Besseres ein, als unseren Opa zu necken. Wenn es ihm dann zu bunt wurde, jagte er uns durch die Wohnung. Aber er bekam uns nie zu fassen. Wir waren stets schneller. Als wir davon unseren Eltern erzählten, ging unser Vater davon aus, dass uns Opa verdreschen wollte, und gab uns den Rat, in solch einem Fall stets die Beine in die Hand zu nehmen. Die nächste Gelegenheit ließ nicht lange auf sich warten. Als Opa wieder einmal hinter uns herlief, verkrochen Klaus und ich uns unter den Küchentisch und versuchten, von dort aus Opas Beine zu erhaschen und sie wegzuziehen, was uns aber nicht gelang. Wir erzählten diesen Vorfall den Eltern, worauf Mutter sagte: »So etwas dürft ihr aber nicht machen, da kann der Opa ganz böse hinfallen!« Einer von uns beiden entgegnete: »Das hat uns Papa aber so gesagt.« Selbstverständlich konnten wir nicht wissen, dass unser Vater den Rat im übertragenen und nicht im ursprünglichen Sinne gemeint hatte. Wir sollten demnach so schnell wie möglich davonlaufen, wenn Opa hinter uns her war.

Bei schönem Wetter ging unser Urgroßvater mit Klaus und mir hin und wieder im Kaffeewäldchen spazieren. Klaus und ich machten uns einen Spaß daraus, dem armen Opa davonzulaufen und uns hinter Büschen oder Bäumen zu verstecken. Daraufhin beschleunigte Opa sein Spaziergängertempo und rief viele Male, dabei mit seinem Gehstock verstärkt auf den Boden stoßend: »Dieter, Klaus! Dieter, Klaus! Wo seid ihr?« Als wir endlich hinter unserer Deckung hervorkamen, war Urgroßvater sichtlich wütend und drohte, nicht mehr mit uns in den Wald zu gehen, wenn wir diese Art Späße nicht unterließen.

Neue Spielgefährten

Der Kriegsalltag wurde immer spürbarer. Die Front im Westen rückte ständig näher an die Reichsgrenze heran. An einem Sonntagmorgen, im Februar 1945, sahen wir fremde Kinder in »unserem« Hof spielen. Es waren unbekannte Gesichter, keine Kinder aus der näheren Umgebung. Die erste Reaktion bestand darin, die Eindringlinge aus unserem Revier zu vertreiben. Aber irgendwie waren wir neugierig und fragten die Neulinge, woher sie kommen und was sie hier zu suchen haben. Brav, aber eher traurig antworteten sie auf unsere Frage, dass sie aus dem Rheinland evakuiert und in ein nicht belegtes Hotelzimmer im Hauptgebäude des »Königsborner Hofes« einquartiert worden seien. Auf unsere etwas naive Frage, warum sie ihre Heimat verlassen hätten, sagten sie: »Weil dort Krieg ist.« Heute noch, nach über siebzig Jahren, kann ich mich an den Namen der Familie erinnern. Es handelte sich um die Familie Lösige. Genauer gesagt um Frau Lösige mit ihren Kindern. Ihr Ehemann war im Krieg. Mittlerweile hatten wir Nachbarkinder uns mit dem Neuzugang angefreundet und spielten verträglich miteinander. Der älteste Sohn, sein Name war Heinz, war in unserem Alter und machte einen gesunden, kräftigen Eindruck. Im Vergleich zu ihm glichen wir Industriegebietskinder eher Hungerleidern.

Alliierter Terror aus der Luft

Ab März 1945 ließen die massiven Bomberangriffe auf das Ruhrgebiet merklich nach. Dafür mehrten sich Tieffliegerangriffe auf strategische Einzelziele und Zivilisten. Alliierte Jagdbomber vom Typ De Havilland »Mosquito« tauchten ganz plötzlich, ohne jegliche Vorwarnung, im Tiefflug auf und nahmen u. a. militärische Marschkolonnen, Bahnhöfe, Flüchtlingstrecks, Brücken, Flugplätze, Radar- und Flakstellungen sowie einzelne Fahrzeuge mit

Raketen und Bordkanonen unter Beschuss. Da die Tiefflieger nicht in größeren Verbänden, sondern eher einzeln oder in kleineren Pulks auftauchten, konnten sie vom deutschen Radar nicht erfasst und daher vom Vorwarndienst nicht gemeldet werden. Bevor eine Warnung vor einem Luftangriff ausgelöst werden konnte, waren die feindlichen Flugzeuge wieder verschwunden.

Der Schulunterricht, welcher häufig durch Fliegeralarm unterbrochen wurde, wurde ab Anfang April 1945 bis auf Weiteres ausgesetzt. Sehr zur Freude von uns Kindern.

Ein überraschender Besuch

Eines Vormittags klingelte es bei uns an der Haustür. Vater öffnete, während Klaus und ich aus Neugierde dem Vater hinterhergeschlichen waren. Zuerst hörten wir eine Männerstimme, die leise fragte: »Onkel Walter?« Dann tat Vater einen freudigen und zugleich erstaunten Ausruf: »Ja Fritz, was hat dich denn hierher verschlagen?« Kurz darauf betrat ein junger, vielleicht 18- oder 19-jähriger Soldat unsere Wohnung. Es war Onkel Fritz aus Weißwasser, Vaters Cousin, der mit ein paar anderen Kameraden aus dem Großraum Dresden oder Leipzig an die Westfront abkommandiert worden war. Er sollte sich noch am gleichen Tage in Holzwickede, einem Nachbarort von Unna, bei seiner neuen Einheit melden. Die Bahnfahrt aus Dresden bzw. Leipzig endete in Unna. Von hier aus mussten die jungen Soldaten zu Fuß weitermarschieren. Unsere Eltern ließen den jungen Mann aber nicht sogleich gehen. Sie luden ihn zum Mittagessen ein. Er war sehr hungrig. An uns Kinder verteilte er Pfefferminzbonbons, die er bei sich hatte. Bevor er ging, gab er mir seine Armbanduhr mit den Worten: »Ich möchte nicht, dass sie in fremde Hände fällt.« Dieses für mich wertvolle Stück habe ich über viele Jahre gehütet wie einen Schatz. Ich hatte die feste Absicht gehabt, sie ihm zurückzugeben, sobald er sich wieder bei uns meldete. Beim Abschied sagte Vater zu ihm: »Schreibe uns mal bei Gelegenheit und teile uns mit, wie es dir geht.« Wir haben nie wieder etwas von ihm gehört. Die schöne Armbanduhr wurde mir viele Jahre später in einem Freibad in Holzwickede gestohlen. Heute trage ich wieder eine Armbanduhr desselben Herstellers wie damals. Jedes Mal, wenn ich auf die Uhr schaue, muss ich an die Begegnung mit Onkel Fritz denken, den wir Kinder auf Anhieb gernhatten.

Heereseinheiten auf dem Marsch

Es war an einem warmen Frühlingstag Anfang April des Jahres 1945 als wir sowie sämtliche Anwohner an unserer Straße, der Kaiserstraße, durch einen infernalischen Lärm, verursacht durch Motoren- und Kettengeräusche, die von vorbeifahrenden Rad- und Kettenfahrzeugen herrührten, aufgeschreckt wurden. Der Boden bebte und die Fensterscheiben unserer Wohnung vibrierten. Endlose Kolonnen deutscher Militärfahrzeuge bewegten sich von Norden kommend über die Kaiserstraße in Richtung Süden. Zum ersten Mal in unserem Leben sahen wir Kinder echte Panzer, Sturmgeschütze, Schützenpanzer mit aufgesessener Infanterie, schwere Halbkettenzugmaschinen mit angehängter 8,8-cm-Flak

(Flugabwehrkanone), Lkws mit und ohne Holzgasgeneratoren. Die Holzgasgeneratoren waren in den letzten Kriegsmonaten eine aus der Not geborene Erfindung. Sie hatten das Aussehen von ein-einhalb Meter hohen, am Führerhaus oder zwischen Führerhaus und Ladefläche stehend angebrachten röhrenförmigen Öfen, die in einem Verbrennungsprozess aus Holz Gas erzeugten, welches als Treibmittel für die Motoren diente. Wie man später erfuhr, hatten sich verschiedene Heereseinheiten von der Lippe über die Ruhr ins Sauerland abgesetzt, um dem sich schließenden Ruhr-kessel der Alliierten zu entkommen, womöglich in der Absicht, im Sauerland eine neue Verteidigungslinie aufzubauen. Angesichts dieses geballten militärischen Vorbeimarsches gab es für Klaus und für mich, die wir bislang vom Fenster aus zugeschaut hatten, kein Halten mehr. Wir liefen hinaus an die Straße und sahen uns das Spektakel ganz aus der Nähe an. Ich kann mich noch sehr gut an die Stichflammen, die aus den Auspuffen der Panzer heraus-schossen, erinnern. Dieses Phänomen sei allerdings auf die Ver-wendung von minderwertigem Treibstoff zurückzuführen, hatte man uns erklärt. Manchmal kamen die Kolonnen ins Stocken. Das war für uns Kinder eine Gelegenheit, auf die Trittbretter der Lkws zu springen und einen Blick ins Fahrerhaus zu werfen. Hin und wieder durften wir sogar auf dem Trittbrett ein Stückchen im Schritttempo mitfahren.

Die Nachhut

Am Nachmittag des gleichen Tages zog eine Gruppe Soldaten in aufgelockerter Formation die Straße entlang. Die Soldaten machten einen ganz und gar abgekämpften Eindruck. Ihre Gesichter waren verschwitzt, die Stahlhelme hingen zum Teil am Koppel, in den Stiefeln steckten Stielhandgranaten und das Gewehr trugen sie in der Hand. Die Gruppe machte für eine kurze Weile vor unserem Hause Rast. Sofort scharten wir Kinder uns mit einigen älteren Erwachsenen um die Soldaten. Die Anwohner brachten ihnen zu trinken und gaben ihnen Butterbrote. Wie sich im Gespräch herausstellte, waren es Pioniere, welche die Aufgabe hatten, sämtliche strategisch wichtigen Brücken an der Strecke zwischen der Lippe und der Ruhr zu sprengen. Sie sagten, dass die Amerikaner ihnen dicht auf den Fersen seien. Man habe lediglich eine schwere 8,8-cm-Flugabwehrkanone mit Besatzung zur Sicherung des eigenen Rückzuges an einem Höhenzug, bekannt als **Funkenburg**, zwischen Unna und der nördlichen Nachbarstadt Kamen zurückgelassen, um den nachrückenden feindlichen Truppen den Zugang zur Stadt Unna zu verwehren. Die Pioniere beschworen die Umstehenden eindringlich, dass man, für den Fall, dass feindliche Fahrzeuge die Sperre durchbrechen sollten, versuchen solle, an die Benzintanks der Fahrzeuge heranzukommen, diese zu öffnen und eine Handvoll Zucker oder Salz hineinzuwerfen. Davon gingen die Motoren kaputt und die Autos und Panzer könnten nicht mehr weiterfahren. Als die Soldaten weitergezogen waren, ermahnten uns die Erwachsenen, nicht an englische oder amerikanische Fahrzeuge heranzugehen, da dies mit Lebensgefahr verbunden sei.

Luftangriffe und Artilleriebeschuss

Die alliierten Angreifer hatten nun auch Unna ins Visier genommen. Aus der Ferne war Geschützdonner zu hören, der von Tag zu Tag näherkam. Tagsüber ließen sich immer häufiger englische und amerikanische Jagdbomber sowie Jagdflugzeuge blicken, die alles, was sich auf den Straßen bewegte, unter Feuer nahmen. Außerdem lag Unna seit geraumer Zeit unter Artilleriebeschuss.

Eines schönen Tages gab es zur Abwechselung vormittags Fliegeralarm. Wie gewohnt begaben wir uns in den Luftschutzkeller. Vergeblich erwarteten wir nach längerer Zeit mal wieder einen Luftangriff. Stattdessen wurde Unna mit heftigem Artilleriefeuer eingedeckt. Unser Vater verließ unauffällig den Luftschutzkeller, um sich in unseren privaten Keller, der im Nebengebäude lag, zu begeben, in der Absicht, nach unseren dort deponierten Wertgegenständen zu sehen. Die Zeit verging. Wir warteten auf Vaters Rückkehr. Die Mutter war beunruhigt. Während wir warteten, vernahmen wir eine dumpfe Explosion. Ringsherum waren Granateinschläge zu hören. Nach einer halben oder einer Dreiviertelstunde, es schien uns wie eine Ewigkeit, hörten wir Schritte auf der Treppe zum Luftschutzkeller. Es war unser Vater. Kreidebleich kam er die steile Treppe heruntergewankt. Unsere Mutter rief sofort: »Walter, wo warst du? Was ist passiert?« Vater brachte kein Wort heraus. Er stand offensichtlich unter Schock. Mutter drang ständig in ihn und sagte: »Walter, sag etwas. Was ist passiert?« Schließlich öffnete er die Lippen und sprach ganz leise: »Eine Granate ist in unserem Keller eingeschlagen und dort detoniert.« – »Gott sei Dank ist dir nichts passiert«, entgegnete Mutter. Es verging geraume Zeit, bis sich unser Vater wieder gefangen hatte. Er erzählte, dass gerade in dem Augenblick, als er die Kellertür öffnen wollte, die Granate eingeschlagen sei. Die Wucht der Detonation habe die Kellertür aus den Angeln gerissen und ihn unter sich begraben. Er müsse besinnungslos gewesen sein und es habe eine längere Zeit gedauert, bis er aus der Bewusstlosigkeit erwacht sei. Mit trauriger Miene berichtete er, dass absolut alles, was sich im Keller befunden habe, vernichtet sei. Ich kann mich noch gut erinnern, dass die Eltern alles, was wichtig und wertvoll war, in einem großen geflochtenen Reisekorb verstaut hatten. Darunter befanden sich unter anderem Kleidung, gutes Geschirr, Besteck, Decken, Bettzeug und Schuhe. Nach dem Artilleriebombardement begaben wir uns alle in unseren privaten Keller. Es war von alledem, was vorher darinnen war, wie zum Beispiel Kohle, Brennholz, Einkellerungskartoffeln, Regale mit Einmachgläsern bzw. Konserven, nichts mehr zu sehen. Nur noch Schutt und Asche. Lattenverschläge zu den Nachbarkellern waren weggefegt. Sogar eine Trennmauer war eingestürzt. Nur die Fahrräder der Eltern, die sich in einem Nebengang befanden, waren unversehrt geblieben. Mutter sagte immer wieder: »Walter, Gott sei Dank ist dir nichts passiert.« Später konnte man genau den Weg der besagten Granate verfolgen. Sie hatte ein Loch im Dach des Hauses hinterlassen. Nachdem sie zwei Stockwerke durchschlagen hatte, war sie im Keller zur Detonation gekommen. Großmutter, wir nannten sie »Omi«, hatte schon Monate zuvor eine Eingebung gehabt, indem sie ihre Wertsachen, ebenfalls in einem überdimensionalen Reisekorb, mit der Bahn zu Freunden nach Hilchenbach im Rothaargebirge geschickt hatte. Auf diese Weise hatte sie keine Schäden zu beklagen. Allerdings musste sie

wegen der unterbrochenen Bahnverbindung lange auf die Rück-
führung der Utensilien warten.

Solange die Artilleriegefechte andauerten, verbrachten wir die
folgenden Tage und Nächte im Luftschutzkeller. Unna war ab
jetzt eine umkämpfte Stadt. Man darf nicht vergessen, dass Unna
eine SS-Garnison beherbergte. Da die Stadt nicht so leicht einzunehmen war, warfen die frustrierten Alliierten Flugblätter ab, mit
der darin enthaltenen Drohung, Unna in Schutt und Asche zu
bombardieren, falls binnen 72 Stunden keine Kapitulation erfolgen
sollte. Während die Briten ihren Vormarsch vom Niederrhein aus
ostwärts fortsetzten, griffen amerikanische Truppen in einer Zan-
genbewegung Unna von Norden und Süden her an. Im Norden
bissen sich die Angreifer an der hartnäckigen Verteidigung die
Zähne aus und kamen nicht voran. Dafür machte der amerikanische Stoßkeil im Süden einen Schwenk und griff von Osten her an.
Alle Hausbewohner hausten nun schon seit Tagen im Luftschutzkeller und harrten der Dinge, die da kommen mochten. An einen
geregelten Tagesablauf war nicht zu denken. Zwei- oder dreimal
am Tage ging die Mutter nach oben und machte Brote fertig,
die sie uns dann in den Keller brachte. Die knochenharten Brote
mussten erst in Wasser aufgeweicht werden. Da es weder Butter
noch Margarine oder sonstigen Aufstrich gab, aßen wir die aufge-
weichten Schnitten mit ein wenig darübergestreutem Zucker. Die
Leute im Luftschutzkeller waren schon ganz apathisch geworden.
Die meisten dösten vor sich hin, einige beteten.

Ein baldiges Kriegsende zeichnet sich ab

Plötzlich wurde von oben die Kellertür aufgerissen und zwei junge Flakhelfer, natürlich in Uniform, stürmten die Kellertreppe hinunter. Unten angekommen fragten sie, ob sie eine Weile bleiben könnten. Der Hauswirt – wir nannten ihn »Opi Krahforst« – gab dazu seine Zustimmung, aber nur unter der Voraussetzung, dass sie die Uniform ablegten. Geschwind hatten einige Hausbewohner Zivilkleidung aus der Mottenkiste hervorgezaubert und diese den beiden Soldaten gegeben. Die Uniformteile verschwanden ganz schnell unter den Matratzen. Die jungen Flakhelfer erzählten, dass es nicht mehr lange dauern könne, bis die Amerikaner in Unna einmarschierten. Sie hätten ihre Stellung an der **Funkenburg** bis zur letzten Granate verteidigt. Dabei seien acht amerikanische Sherman-Panzer vernichtet und die Angreifer am Vormarsch gehindert worden. Danach hätten die älteren Kameraden von der Flakbesatzung die beiden Helfer entlassen mit den Worten: »Seht zu, dass ihr nach Hause kommt, bevor der Amerikaner da ist, und lasst euch nicht von den Kettenhunden erwischen (gemeint war die Feldgendarmerie). Der Krieg ist ohnehin bald zu Ende.« Am nächsten Morgen waren die zwei Burschen spurlos verschwunden.

Die meisten Anwohner hausten nun schon seit Tagen in den Luftschutzkellern und warteten dort auf das Kriegsende. Nach dreitägigem zähen Kampf, an dem auf deutscher Seite außer den regulären Truppen auch SS-Einheiten und Volkssturmleute teilnahmen, hatte sich die Stadt Unna ergeben. Sie hatte bedingungslos kapituliert.

Einzug amerikanischer Truppen in Unna

Am späten Vormittag – es muss wohl der 11. April 1945 gewesen sein – hörte man bei geöffnetem Kellerfenster Fahrzeuggeräusche auf der Hauptstraße. Es dauerte auch nicht lange, da wurde die Tür zum Luftschutzkeller ziemlich brutal aufgestoßen und drei oder vier Männer in fremden Uniformen kamen die Kellertreppe vorsichtig, mit dem Gewehr im Anschlag, heruntergeschlichen. Mir fiel auf, dass deren Gewehre anders aussahen als die deutschen K 98k. Jemand schrie oder rief ganz aufgeregt: »Amerikaner!« Deren erste Frage war: »Deutsche Soldaten hier?« Unsere Mutter, die noch über etwas Schulenglisch verfügte, sagte: »No soldiers here.« Die amerikanischen Soldaten dachten sich auch, dass Vertrauen zwar gut, Kontrolle aber besser sei, und durchsuchten ziemlich gründlich jeden der Kellerräume. Danach verschwanden sie wieder. Die älteren Nachbarkinder getrauten sich schließlich ins Freie. Kurze Zeit später kamen sie mit kleinen in Papier eingewickelten Plättchen zurück und riefen stolz: »Guckt mal, was wir hier haben.« In dem Papier befand sich eine knetbare Masse, die sich Kaugummi nennt. Für uns Kinder war dies die erste Bekanntschaft mit einem fremdartigen Genussmittel. Klaus und ich fassten nun auch Mut und trauten uns vor die Haustüre, während unsere Eltern oben in der Wohnung nach dem Rechten schauten. Zuerst sahen wir amerikanische Soldaten in Khaki-Uniformen. Sie waren ein Kontrast zu dem Feldgrau der deutschen Uniformen. Die Amerikaner machten mit ihren Fahrzeugen vor unserem Hause Rast. Zum ersten Male in unserem Leben sahen wir echte Neger, wie man sie vorher nur aus Bilderbüchern kannte. Die farbigen Soldaten waren zu uns

Kindern sehr freundlich und verteilten reichlich Kaugummi. Da wir mit dem neuartigen Zeug nicht umzugehen wussten, haben wir anfangs die zähe und klebrige Masse nach gründlichem Kauen einfach hinuntergeschluckt.

Klaus und ich waren inzwischen wieder oben in unserer Wohnung und schauten bei geöffnetem Wohnzimmerfenster hinaus ins Grüne. Es war ein wunderschöner Frühlingstag und die Sonne schien direkt ins Wohnzimmer. Plötzlich bemerkten wir, wie hinter uns die Tür aufging und zwei blutjunge amerikanische Soldaten, nicht älter als neunzehn oder zwanzig Jahre, den Raum betraten. Klaus und ich drehten uns erschrocken um. Die beiden Amerikaner kamen, mit dem Finger am Abzug ihrer Gewehre, auf ihren Stiefeln mit leisen Sohlen näher, sagten aber nichts. Als sie Klaus und mich in unseren kurzen Hosen am Fenster stehen sahen, stellten sie fest, dass von uns keine Gefahr ausging, und ihre Mienen entspannten sich. Nachdem sie alle Räume gründlich durchsucht hatten, machten sie plötzlich vor einem großen Kleiderschrank halt, öffneten dessen Türen und entdeckten ein Paar private Stiefel, welche jedoch nicht die beim Militär üblichen Eisenbeschläge hatten. Zu unserer Mutter gewandt, sagte einer von ihnen: »Your husband is a soldier.« Mutter antwortete geistesgegenwärtig: »Boots are for work in the forest.« Überrascht über die Tatsache, dass Mutter Englisch sprach, gaben sich die Burschen mit der Antwort, dass Vater die Stiefel für die Waldarbeit benötigt, zufrieden und verließen daraufhin die Wohnung. Klaus und ich gingen wieder an die Hauptstraße, um zu sehen, was sich inzwischen dort getan hatte. In diesem Augenblick kam ein großer amerikanischer Schwimm-Lkw (DUKW) von der Straße auf den Bürgersteig gefahren und überrollte einen herrenlos herumliegenden deutschen Stahlhelm. Der Helm hatte der Belastung nicht standgehalten und war platt wie eine Flunder. Dies war der Moment, wo für mich ein Mythos vom unbesiegbaren deutschen Soldaten gestorben war. Soweit später aus Reden unserer Eltern mit Nachbarn und Bekannten zu entnehmen war, hatte es seitens der Amerikaner und Briten gegenüber der Zivilbevölkerung keine Übergriffe gegeben. Ein trauriger Zwischenfall sollte allerdings nicht unerwähnt bleiben. Er betrifft die Flakmannschaft von der Funkenburg. Sie hatte sich bis zur letzten Granate verteidigt und sich dann einem amerikanischen Vorauskommando ergeben. Wütend über den Verlust so vieler ihrer Kameraden, der ihnen durch die deutschen Verteidiger zugefügt worden war, wurde die Flakbesatzung auf der Stelle liquidiert.

Das Schicksal von Onkel Willi

Wie war es eigentlich unseren Verwandten ergangen? Onkel Willi wurde in den letzten Kriegstagen zum Volkssturm einberufen. In Altena (Sauerland) geriet er in amerikanische Kriegsgefangenschaft. Von dort aus ging es auf die berüchtigten Rheinwiesen bei Remagen. Tausende Kriegsgefangene fristeten auf diesen Wiesen ohne vorhandene Unterkünfte unter freiem Himmel und ohne ausreichende Verpflegung ihr Dasein. Onkel Willi erzählte später, die Gefangenen seien dort wie die Fliegen gestorben. Mit Löffeln hätten sie sich Mulden in den Boden gegraben, um etwas Schutz vor der Witterung zu haben. Es grassierten in dem Lager etliche Krankheiten, hauptsächlich Typhus. Er selbst wurde nach vielen

Wochen Gefangenschaft, völlig unterernährt, nur noch 52 kg wiegend, mit der Diagnose »Typhus« entlassen. Nur durch die Hingabe und wochenlange aufopfernde Pflege von Tante Herta hatte Onkel Willi die Folgen der Gefangenschaft überstanden.

II. Nachkriegszeit

Ein fast sechs Jahre dauernder Krieg war Gott sei Dank zu Ende. Man konnte erst einmal aufatmen. Nun brauchten wir uns nicht mehr vor Luftangriffen und Artilleriebeschuss zu fürchten. Dafür kamen andere Probleme auf die Bevölkerung zu. Man befand sich in einem rechtlichen und politischen Vakuum. Die Verwaltungsstrukturen und damit auch die Ordnung waren zusammengebrochen. Es ging nun um das tägliche Überleben. Nach dem Zusammenbruch des Deutschen Reiches hatte unser Vater seine Stelle bei der Stadtverwaltung in Unna verloren. Nun war er arbeitslos. Wie sollte es nun weitergehen?

Terror durch marodierende Horden

Fast zeitgleich mit dem Einmarsch der Sieger wurden auch sämtliche Gefängnis- und Lagertore geöffnet. Bald darauf ergossen sich Scharen marodierender ehemaliger Kriegsgefangener sowie Fremd- und Zwangsarbeiter über Unnas Straßen. Wer ihnen in den Weg kam, wurde überfallen, ausgeraubt oder zusammengeschlagen. In dieser Zeit wagte sich kein Bürger auf die Straße. Kaum ein Geschäft an unserer Straße entging einer ausgiebigen Plünderung. Von unserem Wohnzimmer aus hatten wir einen ungehinderten Blick auf die Hinterhöfe und Gärten der Nachbarn. An eine recht belustigende Szene kann ich mich noch gut erinnern. Es war gegen

Mittag, als eine Meute grölender Freigelassener sich aus den Hintertüren der Geschäftshäuser in die dahinterliegenden Höfe und Gärten ergoss. Manche dieser Leute hatten Schnapsflaschen in der Hand und Brote unter den Arm geklemmt. Den amüsantesten Anblick aber boten Männer, die zuvor einen Bekleidungsladen geplündert hatten und mit Damenhüten, Büstenhaltern, Damenunterwäsche und Strapsen bekleidet durch die Gartenanlagen liefen, Zäune überstiegen, um bald darauf in der Ferne zu verschwinden.

Peter und Johanna

Um diese Zeit mussten unsere Wirtsleute ein serbisches Fremdarbeiterpaar bis zu dessen Repatriierung aufnehmen. Es wurde ihnen ein leerstehendes Gästezimmer auf unserem Flur zugewiesen. Es handelte sich um Peter und Johanna. Peter war ein Hüne von großer, kräftiger Gestalt und Johanna war dagegen von kleiner und zarter Statur. Nach anfänglichem gegenseitigen Misstrauen hatte man sich schnell aneinander gewöhnt. Im Laufe der Zeit bekamen wir mit, dass sich die beiden mit einer Gruppe von Landsleuten durchs Leben »organisierten«. Einmal waren es Hühner, die dran glauben mussten. Ein anderes Mal wurde ein Bauer um eines seiner Schweine erleichtert usw. Hin und wieder gaben sie uns etwas von ihrer Beute mit. Sie hatten offensichtlich mitbekommen, wie wir am Hungertuche nagten. Heute noch habe ich den Duft von kleingeschnetzeltem und gebrutzeltem Spanferkelfleisch in der Nase. So gut hatte schon lange kein Fleisch mehr geschmeckt! Johanna, die sich immer ein Kind gewünscht hatte, war ganz und gar in unsere kleine Schwester vernarrt. So hatte sie unserer Uschi ein wunderschönes selbstgefertigtes Kleid mit Stickarbeiten geschenkt.

Fahrradgeschichten

Vater fuhr mit seinem schönen, ballonbereiften Fahrrad alle acht oder vierzehn Tage hoch in die Oberstadt, um Lebensmittelkarten zu holen. Einmal war er wieder in der Oberstadt, um etwas zu erledigen. Sein Fahrrad hatte er ordentlich vor dem Rathaus abgestellt und gesichert. Als er aus dem Gebäude herauskam, war das gute Rad nicht mehr da. Obwohl er die ganze Umgebung nach dem für ihn wertvollen Fortbewegungsmittel abgesucht hatte, war es nicht mehr aufzufinden. Diesen ärgerlichen Vorfall erzählte er auch den Serben, die ihm gegenüber auch ihr Mitleid zum Ausdruck brachten. Wenige Tage später klingelte es an der Tür. Als unser Vater öffnete, standen Milo und Mirko, zwei Landsleute von Peter, vor ihm und sagten in etwas gebrochenem Deutsch: »Im Hof neues Fahrrad für dich.« Vater, der eher an einen Scherz glaubte, ging mit den beiden hinunter in den Hof. Tatsächlich stand zwar kein neues, aber ein anderes, extra für ihn »organisiertes« Fahrrad im Hof. Vater bedankte sich bei den beiden und ging nach anfänglichen Bedenken daran, das »neue« Gefährt von oben bis unten, einschließlich der Felgen, mit schwarzer Farbe anzustreichen. Damit war es für den ehemaligen Besitzer unkenntlich geworden. Vermutlich war man mit dem Fahrrad meines Vaters nach dem Diebstahl so ähnlich verfahren. Dieses Rad mochte, so wie es jetzt aussah, niemand mehr stehlen. Viele Jahre nach dem

bösen Vorfall war es noch lange in unserem Besitz und tat uns gute
Dienste. Klaus und ich haben auf diesem Gefährt noch Fahrrad-
fahren gelernt.

Erstes Auftauchen deutscher Hilfspolizisten

Es muss morgens gegen fünf Uhr gewesen sein, als auf dem Flur
lautes Stimmengewirr an der Tür der serbischen Gäste zu hören
war. Vorsichtig öffneten unsere Eltern die Küchentür, welche dem
Zimmer der Serben am nächsten war. Eine laute Stimme ertönte:
»Sie sind festgenommen. Kommen Sie mit!« Es war Gerangel an
der Zimmertür der Serben zu hören. Offensichtlich versuchte jemand in das Zimmer der Serben gewaltsam einzudringen. Dann
brüllte der Peter, vermutlich zu seiner hinter ihm stehenden Frau
gewandt: »Johanna, gib mir das Messer!« In diesem Moment
herrschte Ruhe. Man hörte Schritte, die sich entfernten und die
Treppe hinunterstapften. Vater sagte, er habe im Flurlicht zwei
deutsche Hilfspolizisten mit einer Armbinde gesehen, die offensichtlich den Peter wegen eines Deliktes mit auf die Wache nehmen
wollten. Wegen der direkten Bedrohung haben sie dann von ihrem
Vorhaben abgelassen und den Rückwärtsgang eingelegt. Man muss
davon ausgehen, dass die beiden Hilfspolizisten unbewaffnet waren
und es nicht zu einem Handgemenge kommen lassen wollten. Ein
oder zwei Tage später wurden die übrigen Hausbewohner von der
Polizei zu einer Vernehmung vorgeladen, um über den Hergang
auszusagen. Die Geschichte verlief wie das »Hornberger Schießen«.
Einige der Hausbewohner hatten von der ganzen Sache nichts mit-

bekommen und andere glaubten randalierende Betrunkene im Hausflur gehört zu haben.

Prekäre Versorgungslage

Der Krieg war zwar zu Ende, aber nun begann die Sorge um das tägliche Brot. Die Versorgung mit allen lebensnotwendigen Dingen, vor allem Lebensmitteln, war zusammengebrochen. Es begann eine Zeit der Hamsterfahrten und auch der Schwarzmarkt blühte. Da das Geld so gut wie nichts mehr wert war, wurde nur noch kompensiert und organisiert. Man ging zur Naturalwirtschaft über. Eine Devise lautete: Kohle gegen Kartoffeln.

Unser Vater hatte in einem Gespräch mit Nachbarn erfahren, dass in der Harkort-Schule an der Kaiserstraße amerikanische Truppen stationiert seien, die nach dem Frühstück ihren überschüssigen Kaffee einfach in den Gully schütteten. Darin sah Vater als leidenschaftlicher Kaffeetrinker eine Verschwendung. Also drückte er mir eines Morgens ein Kochgeschirr in die Hand und beauftragte mich, zur amerikanischen Truppenküche in die Harkort-Schule zu gehen und um Restkaffee zu betteln. Ich tat dies sehr widerwillig. Andererseits wollte ich meinen Vater nicht enttäuschen und begab mich auf den Weg. Der Zugang zur Truppenküche war gesperrt. Ich konnte auch nicht erkennen, dass Kaffee entsorgt wurde. Wie ich dort mit dem Kochgeschirr in der Hand eine Weile stand und beobachtete, kam ein älterer Herr vorbei und sagte im Vorübergehen: »Du sollst dich schämen! Ein deutscher Junge bettelt nicht!« Da fühlte ich mich an der Ehre gepackt, drehte mich auf der Stelle um und lief nach Hause. Dort erzählte ich dem Vater, was geschehen war, und sagte ihm, dass er in Zukunft seinen Kaffee selber holen möge.

Ich kann mich sehr gut erinnern, wie unsere Mutter die umliegenden Bauerndörfer abgraste, um etwas Essbares im Tausch gegen persönliche Wertgegenstände, wie zum Beispiel Schmuck, Kamera, Bekleidung, Spielsachen etc., für unsere Familie zu bekommen. So brachte sie mal Kartoffeln, mal Steckrüben, mal Eier, mal ein paar Äpfel, mal eine Wurst oder ein Stück Speck von ihren Fahrten mit. Diese Fahrten waren für sie nicht ganz ungefährlich. Gelegentlich wurde sie von Wegelagerern angehalten. Sie hatte jedes Mal Glück, dass sich einer von den Rädelsführern für sie einsetzte und sie ungehindert weiterfahren konnte. Auf der Rückfahrt machte sie dann große Umwege, um diesen marodierenden Männern nicht ein zweites Mal zu begegnen. Einmal wurde sie von amerikanischen Soldaten, die in einem Wäldchen biwakierten, angehalten und vernommen. Als diese erfuhren, dass sie zu Bauern fahre, um etwas Essbares zu erbetteln, waren einige der Soldaten derart gerührt, dass sie unserer Mutter von ihrer eigenen Verpflegung etwas mit auf den Weg gaben. Auch diesmal war Mutters Schulenglisch wieder von Nutzen. Derweil begab sich unser Vater in den nahegelegenen Kaffeewald, um Brennholz zu sammeln. Anschließend klapperte er, mit zwei Eimern ausgestattet, die Bahngeleise ab, um Kohle- und Koksstücke einzusammeln, die von den durchfahrenden Kohlezügen heruntergefallen waren. Not herrschte an allen Ecken und Enden. Am schlechtesten war es um die Lebensmittelversorgung bestellt. Aber wie heißt es so schön: Not macht erfinderisch! Von den abgeernteten Feldern wurden liegengebliebene Früchte wie Kartoffeln, Ähren, Rüben und Kohl eingesammelt. Wir aßen Steckrüben, die eigentlich als Schweinefutter gedacht waren. Die Kartoffeln wurden samt der Schale gegessen, aus Zuckerrüben machte man Rübenkraut und die Kohlköpfe hatte Mutter zerschnippelt, in einem großen tönernen Gefäß lagenweise unter Zugabe von Salz eingestampft und wochenlang ziehen lassen. Auf diese Weise gewannen wir Sauerkraut. In diesem Zusammenhang erinnere ich mich eines geflügelten Wortes, wo es hieß: »Wer im Sommer Kappes (Weißkohl) klaut, hat im Winter Sauerkraut.« Die von den Feldern aufgelesenen Ähren hatten wir getrocknet, in einer Kaffeemühle zu grobem Mehl gemahlen, mit Wasser vermengt und zu kleinen Brötchen gebacken. Das war unser Brotersatz. All das war nur reine Improvisation. Richtig satt wurden wir nie. Deshalb gingen Klaus und ich so manches Mal über die Wiesen und rupften Blätter von den Halmen des Sauerampfers, die wir dann aßen, nur um unsere hungrigen Mägen zu beruhigen. Endlich, nach vielen Wochen, gab es wieder Brot. Aber wie sah es aus? Es war gelb und bröselig. Was war mit dem Brot geschehen? Es waren Brote aus Maismehl. Wie kam es dazu und was war die Ursache? Die Alliierten sahen natürlich die Lebensmittelengpässe in Deutschland und befragen einen Vertreter aus der Landwirtschaft, was die deutsche Bevölkerung in der jetzigen Lage am dringendsten benötige. »Korn brauchen wir am dringendsten«, war die Antwort. Dabei hatte dieser gute Mensch nicht bedacht, das Korn in den angelsächsischen Ländern die Bezeichnung für Mais war. Für die nächste Zeit war Mais der große Renner. Es gab Maismehl, Maisbrot, Maiskuchen und Maissuppen. Dass Mais in den USA ein Futtermittel für die Schweinemast war, wusste kaum jemand und wen hätte es schon gestört? Jeder erhielt eine Pro-Kopf-Zuteilung. Es war nicht viel, aber man freute sich. Unsere Eltern hatten inzwischen all ihre noch vorhandenen Wertsachen bzw. Wertgegenstände bei den Bauern gegen Naturalien eingetauscht. Die Eltern hatten so manches Mal auf ihre Mahlzeit zu unseren Gunsten verzichtet. Das müssen wir ihnen heute noch sehr hoch anrechnen.

Auf Arbeitssuche

Vater war noch immer arbeitslos. Es ging vielen so. Einmal bewarb er sich bei einem Bauunternehmer als Bürokraft. Keine Chance! Man bot ihm eine Stelle als Hilfsarbeiter an. Er nahm sie mit Bitterkeit an. Nun musste er als gelernter Büromensch auf dem Bau Zementsäcke schleppen, Speis (Mörtel) anrühren und Steine anreichen. Das ging nicht lange gut. Alsbald machten ihm die Magengeschwüre wieder zu schaffen. Er musste die Arbeit aufgeben.

Suizidversuch

Unsere Mutter war der Verzweiflung nahe. Wie sollte die Familie überleben? Sie fasste den Entschluss, uns alle umzubringen. Unserem Vater fiel eines Tages auf, dass an der Schlafzimmertür, gleich oberhalb der Türschwelle, ein daumenstarkes Loch gebohrt worden war. Als der Vater die Mutter fragte, wie das Loch in die Tür gekommen sei, gab sie kleinlaut zu, dass sie vorgehabt hatte, einen Gasschlauch vom Gasherd ins Schlafzimmer zu verlegen und so sich und den Rest der Familie umzubringen. Im letzten Augenblick seien ihr aber Gewissensbisse gekommen und sie habe von ihrem Vorhaben abgesehen. Insofern hatte es Onkel Willi besser angetroffen. Nachdem er wieder auf den Beinen war, konnte er wieder als Grubenschlosser und Schweißer bei der Zeche Heeren I anfangen. Grubenarbeiter verdienten zu diesem Zeitpunkt schon gutes Geld. Außerdem erhielt er jährlich zehn Zentner Deputatkohle. Das war für unseren Vater auch ein Anreiz. Er stellte sich, aufgrund der Vermittlung von Omi, bei der Zechenverwaltung in Bönen vor und erhielt zunächst eine Stelle als Verladearbeiter in der Kokerei bei der Zeche Bönen mit der Aussicht auf spätere Übernahme als Maschinist in der Teergewinnung. Er nahm die Stelle sofort an, obwohl er Übermenschliches zu leisten hatte. Täglich mussten eine gewisse Anzahl Eisenbahnwaggons mit Kokssäcken, die jeweils zwei Zentner wogen, beladen werden. Abends kam Vater mehr tot als lebendig heim. Dafür erhielt er eine bessere Bezahlung als auf dem Bau. Außerdem gab es auf der Zeche unentgeltliche warme Mahlzeiten. Ferner hatte er Anspruch auf Deputatkohle. Ab und zu brachte unser Vater Reste von seiner Mahlzeit in einem Wehrmachtskochgeschirr nach Hause. Heißhungrig stürzten wir uns auf die Graupensuppe, in der hin und wieder einige Stückchen Fleisch schwammen. Graupensuppe gab es fast jeden zweiten oder dritten Tag. Heute kann ich sie nicht mehr sehen. Vater war trotz der schweren Arbeit glücklich, dass er für uns sorgen konnte. Er machte sehr häufig Doppelschichten und arbeitete, wenn erforderlich, auch sonn- und feiertags. Nun waren die Eltern auch wieder in der Lage, pünktlich die Miete sowie die Strom- und Gasrechnungen zu bezahlen.

Eines Abends wurden die Bewohner der Kaiserstraße, die inzwischen in Friedrich-Ebert-Straße umbenannt worden war, Zeugen eines kleinen Wunders. Die Gaslaternen, welche während der ganzen Kriegsjahre nicht mehr in Betrieb gewesen waren, erstrahlten im schönsten Glanz und beleuchteten Hauptstraße und Bürgersteige. Es war ein gänzlich ungewohntes Bild.

Briten als neue Besatzungsmacht in Westfalen

Als man sich gerade an die amerikanischen Besatzungstruppen gewöhnt hatte, zogen diese ab und überließen den Briten das Feld. Kaum hatten sich diese in ihren neuen Quartieren einigermaßen eingerichtet, fiel einer ihrer Soldaten einem Mordanschlag zum Opfer. Der Todesschütze soll ein Hitlerjunge gewesen sein, den man nach einer Großrazzia im Kaffeewald gestellt hatte.

An einem Nachmittag, als wir Kinder im Hof spielten, bog eine große, kräftige Gestalt – dem Aussehen nach ein ehemaliger Fremdarbeiter – zu Fuß von der Kaiserstraße kommend in unsere Nebenstraße ein. Plötzlich ertönten Autohupen und Sirenengeheul auf der Kaiserstraße. Wir Kinder wussten zuerst gar nicht, was los war. Wenige Sekunden später kamen zwei oder drei Jeeps mit Militärpolizisten und einer jungen Frau in unseren Nebenweg gefahren und hielten auf der Höhe des merkwürdigen Einzelgängers an. Die Frau deutete mit dem Arm auf die soeben beschriebene Person. Fast gleichzeitig sprangen mehrere Militärpolizisten aus den Fahrzeugen, stürzten sich mit Fäusten und Holzknüppeln auf den scheinbar Wehrlosen und prügelten auf den Mann ein, bis er blutig war. Die Frau gestikulierte und redete mit dem Führer des Überfallkommandos in einer Sprache, die wir Kinder nicht verstanden. Der Übeltäter wurde in einen der Jeeps verfrachtet und mit auf die Wache genommen, die in einer ehemaligen Gaststätte untergebracht war. Dem aufgeregten Geschrei und dem Gestikulieren der Dame nach zu urteilen, musste er die Frau zuvor wohl belästigt haben. Etwa um die gleiche Zeit machte ein Gerücht die Runde, dass sich der ehemalige NS-Block- oder Kreisleiter, der unseren Vater hin und wieder schikaniert hatte, in seiner Villa im Kaffeewald erhängt habe. Da dieser Mensch bei der Bevölkerung ohnehin nicht sehr beliebt war, schien auch kein Hahn nach ihm zu krähen.

Hans Seelmann und Paul Zecken

Es war in der Hungerperiode unmittelbar nach dem Krieg. Da kam ein etwa 13- oder 14-jähriger Junge barfuß aus dem 15 Kilometer entfernten Dortmund zu uns und bettelte um etwas Essbares für seine kranke Mutter und seine kleineren Geschwister. Obwohl wir selber kaum etwas zu essen hatten, gab ihm unsere Mutter jedes Mal eine Scheibe Brot mit Rübenkraut. Der Junge bedankte sich und ließ das Brot in seinem Brotbeutel, den er über der Schulter trug, verschwinden. Über viele Monate tauchte er mit einer gewissen Regelmäßigkeit bei uns auf. Danach ließ er sich nicht mehr sehen. Sein Name war Hans Seelmann.

In einem hölzernen Verschlag auf dem Dachboden unseres Nebengebäudes hatte sich ein vom Kriege Versprengter eingenistet. Sein Name war Paul Zecken. Er war ein ganz armer Schlucker und hatte kaum etwas zu essen. Man erzählte sich, dass er schon öfters Igel eingefangen und sich von deren Fleisch eine Mahlzeit bereitet habe.

In den Jahren 1946/47 starteten die westlichen Alliierten große Repatriierungsaktionen. Sämtliche Zwangs- und Fremdarbeiter wurden in ihre Heimatländer zurückgeführt. Da mussten Peter und Johanna, die sich hier gut eingelebt hatten, wieder zurück in ihre serbische Heimat.

Kartoffeln gegen Kohle

Nach sechs Monaten Zechenzugehörigkeit hatte Vater Anspruch auf einen Teil seiner zustehenden Deputatkohle. Nun gab es ein Problem. Wie sollte die Kohle von der Zeche ohne ein Transportmittel bis zu uns in unseren Keller gelangen? Da kam Omi auf eine einfache sowie geniale Idee. Als gelernte Schneiderin erwarb sie sich ein Zubrot bei verschiedenen Bauern in der Umgebung von Unna, indem sie für deren Familienmitglieder Kleider und Anzüge sowie Bettwäsche nähte. So hatte sie zum Beispiel ein besonders gutes Verhältnis zum Gut Rönninghoff. Sie fragte ganz einfach den Bauern, ob er an einem Tausch Kohle gegen Kartoffeln interessiert sei. Falls er interessiert sei, müsse er aber ein Fuhrwerk stellen. Bauer Rönninghoff war einverstanden. Kurz darauf wurde ein Tauschtermin vereinbart. Es wurde ein Gespann bestehend aus einem Acker-gaul sowie einem einachsigen, hochwandigen Kastenwagen nebst Knecht gestellt. Vom Gutshof holperte das Gefährt auf Feldwegen und zum Teil auf schlechten Nebenstraßen zur Zeche Bönen, wo der Pferdewagen mit Kohle beladen wurde. Bei diesem Ereignis durften Klaus und ich mit von der Partie sein. Auf dem Rückweg musste sich Kastor, so hieß das brave Pferd, mächtig anstrengen. Vater gab dem Pferd zur Belohnung zwischendurch einige Möhren zu futtern. Auf dem Gut Rönninghoff wurde die Kohle **ent**- und der Wagen mit mehreren Säcken Kartoffeln wieder **be**laden. Nun ging es heimwärts. Der Knecht fuhr diesmal nicht mehr mit. Vater übernahm das Gespann. Mochte das wohl gut gehen? Aber es ging gut. Zu Hause mussten wir feststellen, dass das Kartoffelschoß die riesige Menge gar nicht fassen konnte. Einige Säcke blieben außen vor. Es wurde dann immer bei Bedarf nachgefüllt. Der Tausch-handel Kohle gegen Kartoffeln erstreckte sich über einige Jahre.

Klaus und ich als Fuhrleute

Bei einer der letzten Tauschaktionen waren Klaus und ich wie-der mit von der Partie. Es war schon spät und das Pferdegespann musste wieder zum Gutshof zurückgebracht werden. Klaus und ich – wir waren inzwischen einige Jahre älter geworden – wollten diese Aufgabe unbedingt selber übernehmen. Die Kommandos »hü« und »hott« und »brr« kannten wir ja schon. Nach langem Betteln ließ uns der Vater gewähren und wir fuhren los. Einmal auf den richtigen Weg gebracht, kannte Kastor die restliche Strecke von selbst. Unterwegs blieb der brave Kastor plötzlich stehen und bewegte sich keinen Schritt weiter. Weder laute Kommandos noch gutes Zureden halfen. Was war mit dem Burschen los, fragten wir uns. Dann kam einer von uns beiden auf die Idee und sagte: »Kastor erwartet bestimmt wieder eine Möhrengabe, wie er es von unserem Vater immer gewohnt war.« Leider hatten wir keine Zugaben dabei. Was sollten wir jetzt tun? Wir stiegen von der Kutscherbank und rupften Grasbüschel am Wegesrand und boten diese unserem Kastor als Leckerbissen an. Zuerst schnupperte er daran, dann nahm er mit seinen weichen Lippen die Gabe aus unseren dargebotenen Händen. Das freute uns. Ob Kastor nun zur Weiterfahrt bereit war? Wir stiegen auf den Wagen und riefen »hü« und siehe da, Kastor setzte sich wieder in Bewegung. Bauer Rönninghoff staunte nicht schlecht, als wir Buben ohne den Vater das Fuhrwerk sogar ohne Schaden bei ihm ablieferten. Nachdem unsere Familie mit Kartoffeln reichlich versorgt war, brauchten wir nicht mehr so arg Hunger zu leiden. Endlich kamen mal wieder Reibeplätzchen auf den Tisch, die wir immer mit Vorliebe aßen.

Schwesterchen Uschis Reinfall

Gerne erinnere ich mich folgender lustiger Begebenheit: Unsere Eltern hatten an einem Vormittag etwas in der Stadt zu erledigen und ließen uns Kinder allein in der Wohnung zurück. Vorher schärften sie uns ein, niemanden in die Wohnung zu lassen und auch bei Rufen nicht zu antworten. Es kam, wie es kommen musste. Kaum waren die Eltern fort, klopfte es an der Tür und die Hauswirtin rief nach mehrmaligem Klopfen unsere Eltern beim Namen. Wir Kinder verhielten uns mucksmäuschenstill. Nach einer kleinen Pause rief die Hauswirtin: »Uschi, du bist doch gewiss zu Haus.« Unser kleines Schwesterchen fiel prompt auf diesen Trick herein und antwortete laut und deutlich: »Nein.«

Versorgungsengpässe

Allmählich kam die Lebensmittelversorgung wieder in Gang. Allerdings waren die Zuteilungen stets sehr begrenzt. Es sprach sich ganz schnell herum, wenn es irgendwo einmal etwas Besonderes gab. Eines Tages hieß es, dass es im Konsum, etwa eine halbe Stunde Fußmarsch von unserem Haus entfernt, Brötchen gebe. Es muss Ewigkeiten her gewesen sein, als wir das letzte Mal Brötchen gesehen hatten. Mutter schickte mich gleich mit einem Einkaufsnetz los, um im Konsum nach Brötchen anzustehen. Als ich dort ankam, stand schon eine Menschenschlange bis auf den Gehweg. Sehr langsam ging es voran. Endlich, nach gut zwanzig Minuten, hatte ich es bis in den Laden geschafft. Die Menschenmenge wurde immer ungeduldiger. Die Brötchen schienen zur Neige zu gehen. Erwachsene drängten sich ständig vor oder stießen mich kleinen Kerl grob beiseite. Als ich endlich an der Reihe war, sagte die Verkäuferin: »Die Brötchen sind alle. Wir wissen auch nicht, wann wir wieder welche hereinbekommen.« Ich war in diesem Augenblick maßlos enttäuscht und wütend zugleich. Laut weinend lief ich aus dem Laden. Einige Kunden drehten sich um und machten betretene Gesichter. Zu Hause verkündete ich dann lautstark, dass

ich lieber trockenes Brot esse, als noch einmal nach Brötchen anzustehen.

Beginn einer neuen Schulzeit

Im Herbst 1945 wurde der Unterricht an den Schulen in Nord-
rhein-Westfalen wieder aufgenommen. An die Stelle der Gemein-
schaftsschulen traten jetzt die Konfessionsschulen. Unsere ehemalige Klassengemeinschaft wurde nun gespalten. Ein Teil blieb
in der katholischen Schule am Königsborner Bahnhof und ich
marschierte mit dem Rest der Klasse in die evangelische Harkort-Schule am ehemaligen Badehaus. Anfangs ging der Unterricht
noch etwas chaotisch vor sich. Es fand zum Beispiel ein häufiger
Lehrerwechsel statt und je nach Unterrichtsfach mussten auch die
Klassenzimmer gewechselt werden. Das alles verursachte Unruhe
und wirkte sich negativ auf den Lerneifer der Schüler aus, was sich
dann letztendlich in den Zeugnisnoten widerspiegelte. Mit meiner
Gesundheit stand es auch nicht zum Besten. Des Nachts litt ich,
besonders in der kalten Jahreszeit, häufiger an Erstickungsanfällen.
Der Arzt diagnostizierte Asthma.

Alsbald stellte sich heraus, dass der Stadtteil Königsborn
mehr evangelische als katholische Schüler hatte und in der Harkort-Schule nicht genügend Klassenräume zur Verfügung standen.
Dagegen war die ehemalige Bahnhofschule (jetzige Overbergschule) nicht ausgelastet. Also verlegte man zwei Klassen in die
Overbergschule. Da ich zu den glücklichen Schülern gehörte, die
zurückverlegt wurden, hatte ich das Vergnügen, meine früheren ka-

tholischen Klassenkameraden wiederzusehen. Ich kann mich nicht erinnern, dass es zwischen den Schülern der beiden Konfessionen jemals Streitereien gegeben hat. Man kannte sich und war zum Teil miteinander befreundet. Gegen 13 Uhr war in der Regel der Unterricht beendet. Man begab sich dann in kleineren Gruppen auf den Heimweg. Meine engeren Schulkameraden waren Siegfried und Wolfgang.

Eine neue Freundschaft

An einem Tage hatte ich es besonders eilig, nach Hause zu kommen. Den genauen Grund weiß ich nicht mehr. Vielleicht war ich sehr hungrig, weil ich von der Schulspeisung nicht satt geworden war. Meistens gab es in der großen Pause gegen zehn Uhr für uns Schüler einen großen Becher Maissuppe und hin und wieder eine Schokoladensuppe. Ich befand mich schon in der Haustür, als ich zurückblickend auf der gegenüberliegenden Straßenseite eine Meute schreiender Schüler erblickte, die einen einzelnen Schüler jagte. Der Gejagte lief in meine Richtung. Man war ihm schon dicht auf den Fersen. Da empfand ich Mitleid mit dem Einzelgänger und rief ihm zu: »Komm hier ins Haus!« Mit heraushängender Zunge stürmte er die drei Stufen hoch ins Haus und war in Sicherheit. Er verweilte noch etwas im Hausflur, bis die Meute weg war. Ich fragte ihn, was er ausgefressen habe, dass man ihn jagte. Er sagte, seine Familie sei aus dem Osten vor den Russen geflohen. Nach einem Zwischenaufenthalt in Lübeck habe man seine Familie nach Unna weitergeleitet. Er sei jetzt neu an der Schule. Reiner war sein Name. Am nächsten Tag wurde er, von einer anderen Klasse kommend, meiner Klasse zugeteilt. Als die anderen Schüler sahen, dass wir Reiner unter unsere Fittiche nahmen, hielten sie sich mit Anfeindungen zurück. Obwohl ich einer der Kleinsten in der Klasse war, hatten die meisten Schüler vor mir Respekt. Von diesem Augenblick an wurden wir Freunde. Uns verbindet seitdem eine Freundschaft, die bis zum heutigen Tage anhält.

Erinnerungen an Lehrer Trappmann

Ab dem fünften Schuljahr erhielten wir einen Klassenlehrer, der uns bis zu unserer Schulentlassung erhalten blieb. Sein Name war Hugo Trappmann. Er war schon etwas älter und war wie ein Vater zu uns Kindern. An dieser Stelle komme ich nicht umhin, diesem Mann ein Denkmal zu setzen. Lehrer Trappmann war stets bemüht, uns so viel Unterrichtsstoff als möglich beizubringen. Allerdings verlangte er größte Disziplin und Aufmerksamkeit. Wenn er merkte, dass bei einem Schüler die Konzentration nachließ oder jemand sich mit seinem Nachbarn unterhielt, geriet er schon mal in Rage und rief: »Schlingmeier, du bist nicht bei der Sache!« Sollte diese Ermahnung nicht gefruchtet haben, eilte er auf den betreffenden Schüler zu und gab diesem mit der flachen Hand einen Klaps auf den Rücken. Ständig erinnerte er uns daran, dass wir nicht für die Schule lernen, sondern für uns selber und uns damit eine Chance für einen erfolgreichen Start ins spätere Berufsleben erarbeiteten. Er sollte damit recht behalten. Als dann später der Einstieg ins Berufsleben erfolgte, wurde dem einen oder anderen Schüler bescheinigt, dass er auf vielen Gebieten über das Volksschulniveau hinaus bereits Mittelschulniveau besaß und das Zeug hatte, Karriere zu machen. Leistungsmäßig bewegte ich mich konstant im oberen Drittel der Klasse. Lehrer Trappmann hatte mir einst im Zeugnis attestiert, dass meine Stärke in der schriftlichen Gestaltung meines Denkens liege. Diese Aussage wurde in meinem späteren Leben immer wieder bestätigt.

Gerne erinnere ich mich, trotz meiner schwächlichen körperlichen Verfassung, an die Klassenfahrten und Wanderungen, die Herr Trappmann mit uns unternommen hat. Sie führten überwiegend ins Sauerland. So besichtigten wir u. a. die Dechenhöhle bei Iserlohn, das Felsenmeer bei Hemer oder die Reckenhöhle im Hönnetal. Nach den Wanderungen war ich jedes Mal total erschöpft und brauchte einige Tage, um mich zu erholen.

Ein Schülerstreich

Natürlich waren wir Schüler keine Engel. Das beweist ein Streich, den wir einem unserer Lehrer gespielt haben. Unser Klassenlehrer, Herr Trappmann, war erkrankt und konnte daher nicht unterrichten. Also wurde er von einem Kollegen namens Weise vertreten. Irgendwie mochten wir den Vertreter nicht. Er war schon älter und von gedrungener Gestalt. Vielleicht lag es an einem für uns ungewohnten Dialekt, den er sprach, oder an seiner Stoppelfrisur, die ihm den Spitznamen »Stacho« einbrachte. Ich weiß es nicht. Es war ein ganz normaler Schultag. Die Pause vor der letzten Unterrichtsstunde war beendet. Wir Schüler strömten ins Klassenzimmer, welches sich im ersten Stock befand. Man hörte, wie der Vertreter hinter uns die Treppe heraufgestapft kam. Schnell dachte man sich einen Streich aus. Einige Schüler, die direkt an der Klassentür saßen, schoben schnell einen Stuhl mit einer hohen Stuhllehne unter die Türklinke, sodass sich diese nicht mehr nach unten bewegen ließ und die Tür von außen nicht mehr zu öffnen war. Der Vertreter betätigte mehrmals die Türklinke, welche sich jedoch nicht bewegte. Dann klopfte er erst sachte, dann immer heftiger an die Tür. Aber es tat sich nichts. Wir Schüler hörten, wie sich der alte Lehrer etwas in den Bart murmelte. Außer Grinsen und Feixen verhielten wir uns ruhig. Nach einer kurzen Pause bumste der Vertreter ziemlich laut gegen die Tür und rief: »Macht sofort die Tür auf, sonst gehe ich zum Schulleiter.« Wir rührten uns nicht. Man hörte auf dem Flur, wie sich Schritte entfernten. Der Stuhl stand wie festgenagelt unter der Türklinke. Jetzt wurde es einigen Mädchen in unserer Klasse unbehaglich. Sie plädierten dafür, die Tür wieder freizugeben. Die Jungen waren dagegen. Inzwischen war eine halbe Unterrichtsstunde verstrichen. Es wurde noch eine ganze Weile über die weitere Verfahrensweise debattiert und lamentiert, bis es wieder an der Tür klopfte und die Stimme des Schulleiters ertönte: »Siebte Klasse, gebt sofort die Tür frei. Andernfalls rufe ich die Polizei!« Nun wurde der Stuhl mit der hohen Lehne geschwind beiseite geräumt und der neue Schulleiter betrat zusammen mit der Vertretung das Klassenzimmer. Wir Schüler verhielten uns ruhig in gespannter Erwartung eines über uns hereinbrechenden Donnerwetters. Der Schulleiter stellte sich vor die Klasse und sagte in scharfem Ton: »Was ihr gemacht habt, ging entschieden zu weit. Das war eine Ungehörigkeit ohnegleichen.

Herr Weise wird euch dafür einen Denkzettel verpassen. Ihr könnt froh sein, dass ich nicht die Polizei gerufen habe.« Danach verließ der Schulleiter das Klassenzimmer. Jetzt kam der Vertreter an die Reihe. Zuerst ließ er uns eine Stunde nachsitzen und anschließend verpasste er uns eine Strafarbeit. Im Nachhinein tat uns der alte Mann leid. Streiche dieser Art kamen dann auch nicht mehr vor.

Lumpi

Herr Trappmann besaß außer seiner Frau und einer erwachsenen Tochter eine Dackelhündin. Sie hieß Sulla. Eines Tages bekam Sulla Nachwuchs, drei Mischlinge. Der Vater muss wohl ein Terrier gewesen sein. Sie waren süß, einfach zum Knuddeln. Um seinen besten Schülern eine Freude zu machen, schenkte er diesen je einen Welpen. Ich erhielt einen kleinen Rüden mit dem Namen Lumpi. Lumpi hat uns Kindern viel Freude bereitet. Allerdings nicht immer! Wenn wir ihn zum Versteckspiel in den Kaffeewald mitnahmen, verriet er zum Beispiel den Suchern zu deren Freude mein und meines Bruders Versteck. In der Nachbarschaft hielt eine Familie Freilandhühner. Sobald unser Lumpi des Federviehs ansichtig wurde, erwachte in ihm sein Jagdinstinkt und schon schoss er wie ein Blitz in die gackernde Gesellschaft. Einmal hatte er ein Junghuhn bei der Gurgel gepackt, um es zu töten. Das durfte er auf keinen Fall. Als ich das sah, nahm ich die Hundeleine und zog ihm kräftig eins über das Fell. Von nun an ließ er die Hühner links liegen. Wenn Vater von der Arbeit kam und anschließend seine Gartenschuhe anzog, um noch etwas im Garten zu arbeiten, kam unser Lumpi hinter dem Herd hervorgelaufen und sprang unseren Vater vor Freude an, weil Lumpi wusste, dass er jetzt für einige Zeit ins Freie kam und nach Herzenslust in den Gärten herumtollen konnte.

Da fällt mir gerade eine andere Geschichte ein. Es war an einem Ostersonntag. Mutter war dabei, den Osterbraten vorzubereiten, als es an der Tür klopfte und die Nachbarin sie bei der Tür in ein Gespräch verwickelte. Als Mutter an den Küchentisch zurückkehrte, auf dem der Braten gelegen hatte, war der Braten verschwunden. Zuerst hatte sie unseren Vater, dann uns Kinder in Verdacht, ihr einen Streich gespielt zu haben. Sie fand einen solchen Streich überhaupt nicht lustig und forderte uns auf, den Braten wieder herauszugeben. Sie schimpfte mit uns und hielt uns vor, dass das Fleisch viel Geld gekostet und ein Loch in die Haushaltskasse gerissen habe. Außerdem habe ihr der Metzger, weil er sie als Kundin gut kannte, ein besonders schönes Stück gegeben. Schließlich wurde sie richtig wütend und drohte damit, dass es zu Ostern nichts zu essen geben werde. All unsere Beteuerungen, dass wir tatsächlich nicht wissen, was mit dem Bratenstück geschehen sei, wollte sie nicht zur Kenntnis nehmen. Wir machten ihr auch klar, dass sich niemand von uns zu der fraglichen Zeit in der Küche aufgehalten habe. Plötzlich fragte Uschi: »Wo ist eigentlich der Lumpi? Ich will noch schnell vor dem Essen mit ihm Gassi gehen.« Aber Lumpi rührte sich nicht, so oft wir auch nach ihm riefen. Dann schaute unser Vater in die Ecke hinter dem Küchenherd, wo Lumpi seinen Platz hatte. Und siehe da, dort lag der Übeltäter, kaum einer Bewegung mehr fähig, und sah unseren Vater mit schuldbeladenem Blick an. Er muss das Fleisch ganz offensichtlich in einem Stück hinuntergewürgt haben. Dabei war er vermutlich auf einen Stuhl gesprungen und hatte sich das Bratenstück vom Küchentisch geschnappt. Jetzt war der Fall geklärt. Vater schimpfte zwar mächtig mit Lumpi, drohte ihm aber keine Strafe an. Dafür hatten wir ihn alle zu lieb. Wir waren uns einig, dass nicht Lumpi, sondern die Nachbarin schuld an dem Geschehen war. Eines war aber sicher, zu Ostern gab es keinen Braten. Jahre später, es war an einem Karfreitag, kam ein Nachbarjunge zu uns gelaufen und teilte uns mit, dass unser Hund einige Straßen weiter von einem Auto überfahren worden sei. Unsere ganze Familie, einschließlich unseres Urgroßvaters, war vom Tode unseres Lumpis erschüttert. Wir begruben ihn im Garten und trauerten noch wochenlang um unseren vierbeinigen Freund. Einen weiteren Hund haben wir uns danach nicht mehr angeschafft.

Freizeitgestaltung und Indianerspiele

Nach dem Mittagessen machten wir gewöhnlich unsere Hausaufgaben und trafen uns mit den Nachbarkindern anschließend im Kaffeewäldchen. Dort spielten wir Räuber und Gendarm oder Tarzan. Dazu hatten wir uns lange Taue besorgt, die wir an starken Ästen anbrachten, um uns daran hochzuziehen. So gelangten wir in die höchsten Bäume. Die Bäume des Kaffeewaldes boten eine ideale Gelegenheit, um Klettermaxe zu spielen. Am besten ließen sich Buchen erklettern. Gelegentlich arbeiteten wir uns in die höchsten Wipfel, fingen dort an zu schwingen, bis wir den Wipfel des nächsten Baumes erreichten, und kletterten hinüber

in den anderen Baum. Es kam auch zu Bandenkämpfen, wo die
Overbergschule auf gleichaltrige Schüler der Grilloschule stieß. Am
spannendsten waren auch die Indianerkämpfe. Dazu machten wir
uns Schilde aus Pappe, die mit Holzleisten verstärkt wurden. Holz
für die Speere lieferte der Wald. Hinzu kamen noch Hauben aus
Hühnerfedern, die in einen dünnen Pappstreifen gesteckt und um
den Kopf gebunden wurden. Auf den Schilden prangte der Name
des Indianerstammes. Da gab es Apachen, Irokesen, Sioux und
Komantschen. Zur Austragung der Kämpfe hatte man sich vorher
abgesprochen und sich auf einen bestimmten Tag und eine Uhrzeit
geeinigt. Die Kämpfe gingen immer unterschiedlich aus. An einem
Tag schlugen wir die Irokesen und Komantschen in die Flucht.
Ein anderes Mal mussten wir, als Apachen und Sioux kostümiert,
Fersengeld geben. Einige Male haben wir die Angreifer geschickt
in den Kaffeewald gelockt. Dort sind wir mithilfe vorbereiteter
herunterhängender Taue in die Bäume geklettert und haben uns
so für den Gegner unsichtbar gemacht. Die Taue wurden natürlich anschließend hochgezogen. Es war ein schönes Gefühl, wenn
die Angreifer unter uns herumschlichen, ohne uns zu Gesicht zu
bekommen. Der Angriff lief dann jedes Mal ins Leere. Diese Art
Spiele fanden im Sommer statt. Im Winter gab es wieder andere
Freuden. Nach heftigen Regenfällen standen die an den Kaffeewald angrenzenden Wiesen und die durch den Kohlebergbau her-
vorgerufenen Senken sowie Teile des Kaffeewaldes unter Wasser.
Starker Frost verwandelte sodann die Wasserflächen in zentimeter-
dickes Eis. Nun holten wir unsere Schlittschuhe heraus und glitten
zwischen den Bäumen des Waldes hinaus auf die freien Eisflächen.
Dort spielten wir Fangen oder primitives Eishockey. Als Schläger

dienten entsprechend geformte Äste aus dem Wald. Drei bis vier Zentimeter dicke Eisstücke ersetzten den Puck. Im Gegensatz zu mir war Klaus immer etwas ungestüm. So passierte es einmal, dass er auf dem Eis ausglitt, dabei ganz unglücklich auf den Hinterkopf fiel und reglos liegen blieb. In diesem Moment bekam ich einen Schreck. War Klaus nun tot oder nur besinnungslos oder verstellte er sich nur, um mir einen Schrecken einzujagen? Jedenfalls eilte ich nach Hause und führte unsere Mutter an die Stelle, wo der Unfall geschehen war. Als wir dort ankamen, war Klaus schon wieder auf den Beinen. Merkwürdigerweise konnte er sich an nichts mehr erinnern. Er hatte eine Gehirnerschütterung davongetragen und musste einige Tage das Bett hüten.

Freizeitkapitäne

Der Winter ging zu Ende und eine große Eis- und Schneeschmelze setzte ein. Jetzt standen weite Flächen unter Wasser. Diese Situation musste man doch für spielerische Unternehmungen nutzen können. Wir ließen uns wieder etwas einfallen. Wir wollten einmal »Kapitän« spielen. Was machten wir? Wir holten unsere Volksbadewanne ohne Wissen der Eltern aus dem Abstellraum und ließen sie auf der überschwemmten Wiese ins Wasser gleiten. Dabei holten wir uns zwar nasse Füße, das machte uns aber nichts aus. Mit zwei langen Ästen stießen wir uns vom Ufer ab. Wie wir so mit unserem Miniboot auf dem Wasser schwammen, entdeckten wir einen älteren Jungen, der sich auf einem abgesägten Pkw-Dach im Wasser fortbewegte. Es ging so weit alles gut. Nur als wir wieder an Land gingen, kippte die Wanne um. Dabei nahmen Klaus und ich ein unfreiwilliges Bad. Mit triefenden Kleidern und die Badewanne schleppend, standen wir kurze Zeit später vor unserer Haustür, wo uns ein gewaltiges Donnerwetter empfing. Der geschilderte Spaß brachte uns einige Tage Stubenarrest ein.

Schulfreund Reiner, der nur ein paar Straßen von uns entfernt wohnte, kam gelegentlich zu uns. Dann machten wir gemeinsam unsere Hausaufgaben. Ebenso gerne ging ich zu ihm. Nachdem wir schnell unsere Hausaufgaben erledigt hatten, spielten wir mit seinem Stabilbaukasten und betätigten uns als kühne Konstrukteure von Brücken, Kränen und Traktoren etc. Reiner und ich wollten später einmal Ingenieur werden. Während er sich eher für den Schiffsbau interessierte, hatte ich eine Vorliebe für Brücken. Reiner wurde tatsächlich Ingenieur, um es schon einmal vorweg zu sagen. Mein Leben gestaltete sich dagegen ganz anders, wie man noch erfahren wird.

Eine einträgliche Freizeitbeschäftigung

In den ersten Nachkriegsjahren war das Leben teuer und das Geld knapp. Für uns Kinder war **Taschengeld** ein Fremdwort. Wir hatten weder Geld für eine Limonade noch für ein Eis, geschweige einen Kinobesuch. Da bot sich für uns eine Möglichkeit, ein wenig Taschengeld zu verdienen. Ein Unnaer Bauunternehmer machte uns Schülern den Vorschlag, auf den Trümmergrundstücken – davon gab es reichlich – Ziegel vom Mörtel zu befreien. Wir nannten diese Tätigkeit »Steinepicken«. Für hundert saubere Ziegel bot er uns zehn Pfennige. Bei tausend Ziegeln machte das genau eine Mark. Ohne lange zu überlegen, nahmen wir das Angebot an. Damals mokierte sich niemand über Kinderarbeit. Wir machten uns nach der Schule und dem Mittagessen ans Werk. Die Ziegel wurden blockweise zu je tausend Stück gestapelt. Einmal in der Woche kam ein Vertreter des Bauunternehmers vorbei, schaute sich die Arbeit an, reklamierte hier und da mal einen gebrochenen Ziegel und zahlte letztendlich den verdienten Lohn aus. Da eine Arbeitsgemeinschaft meist aus vier Schülern bestand, wurde der Lohn durch vier geteilt. Auf diese Weise hatten wir uns im Monat vier bis fünf Mark Taschengeld verdient. Nun konnten wir uns gelegentlich mal ein Eis leisten oder einmal im Monat für 50 Pfennig ins Kino gehen.

Unsere Eltern waren aus zweierlei Gründen nicht unglücklich über unsere neue Freizeitbeschäftigung des Steinepickens. Zum einen brauchten sie uns kein Taschengeld zu geben und zum anderen konnten sie sicher sein, dass wir keinen Unfug machten. Bedingt durch die ungewohnte Tätigkeit, kamen wir anfangs mit blutigen Händen nach Hause. Später haben wir uns zu dieser Arbeit Handschuhe angezogen.

Kinobesuch in der Nachkriegszeit

Im Kino spielten damals überwiegend Wildwestfilme, wie Tom Mix oder Zorro. Mitunter war solch ein Kinobesuch recht belustigend. Das Publikum ging dabei regelrecht im Geiste mit und sah sich in der Rolle des Guten, ihres Lieblingsschauspielers. Meist ertönten Zwischenrufe von den unteren Kinoreihen, gepaart mit Sympathiebekundungen für den Filmhelden wie »Lass dir das nicht gefallen. Hau ihm eins in die Fresse.«. Wenn die Zwischenrufe und Kommentare kein Ende nehmen wollten, rief jemand von den oberen Rängen herunter: »Hoffentlich herrscht bald Ruhe da unten auf den Rasiersitzen.« Allein schon wegen dieser außerfilmischen Dialoge war so ein Kinobesuch immer ein Gaudi.

Folgen einer Mangelernährung

Die Kriegszeit und auch die ersten Nachkriegsjahre hatten bei der Bevölkerung, verursacht durch mangelhafte Ernährung, auf gesundheitlichem Gebiet Spuren hinterlassen. Es kam zu Mangelerkrankungen. Als erste Maßnahme zur Bekämpfung und Eindämmung solcher Krankheiten ordneten die Gesundheitsbehörden für die Schulen Reihenuntersuchungen an. Zuerst kam der Zahnarzt, dann folgte der Schularzt und zuletzt kam ein Röntgenbus vorgefahren. Dort wurden Herz und Lunge unter die Lupe genommen. Einige Wochen später erhielten die Eltern der untersuchten Kinder vom Gesundheitsamt eine schriftliche Mitteilung über das Untersuchungsergebnis. In meinem Fall wurden Unterernährung und eine Lungentuberkulose festgestellt. Die Eltern wurden deshalb mit mir zur Vorsprache beim Unnaer Gesundheitsamt gebeten. Vater und Mutter waren sehr traurig. Der zuständige Arzt beim Gesundheitsamt ordnete an, dass ich alle drei Monate zum Röntgen kommen müsse. Außerdem erhielt ich auf den Lebensmittelmarken Sonderrationen an Milch und Fett. Ich befand mich gerade im Wachstumsalter vom Kindheitsstadium zum Jugendlichen. Deshalb waren die Eltern sehr besorgt. Selbst Großmutter machte sich Gedanken, wie sie mich hochpäppeln könne. Da sie sich bei den Bauern in der Umgebung mit Näharbeiten ein Zubrot verdiente, kam es sehr häufig vor, dass man sie anstatt mit Geld mit Naturalien entlohnte. Gelegentlich brachte sie uns Kindern davon etwas mit. Am liebsten aß ich Schweißbrötchen. Das war eine aus Schweineblut, Mehl und Speckstücken geknetete und zu kleinen Broten geformte Masse, die kurz angebacken wurde. Ich war regelrecht heißhungrig auf diese, so glaube ich, typisch westfälische Spezialität.

Dieter Rösel 1948

Kirschen in Nachbars Garten

Nun muss ich unbedingt eine lustige Begebenheit schildern. Es war an einem heißen Tag im Juli, zur Zeit der Kirschenreife. Unser Nachbar besaß ein großes Grundstück mit mehreren Obstbäumen. Darunter befand sich auch ein riesiger Kirschbaum, dessen dunkelrote Früchte eine magische Anziehung auf uns Kinder ausübten. Wir waren vier oder fünf Jungen, darunter auch Klaus. Um uns in den Genuss der süßen Früchte zu bringen, heckten wir einen Plan aus. Die Mittagszeit schien dafür recht günstig. Um diese Zeit pflegten die Nachbarn ihre Mittagsruhe zu halten. Also warteten wir ab, bis Ruhe auf dem Nachbarhof eingekehrt war und die Hühner aufgehört hatten zu gackern. Dann kletterten wir leise über den Zaun und schlichen auf den großen Kirschbaum zu. Um in die erste Astgabel zu gelangen, bildeten wir eine sogenannte Räuberleiter, das heißt, einer nach dem anderen kletterte am kräftigsten Spielkameraden hoch, bis die Astgabel erreicht war. Von dort aus verteilten wir uns auf die verschiedenen Äste. Bei diesem Unterfangen musste uns jemand aus dem Hause beobachtet haben. Als wir uns gerade an den leckeren Kirschen gütlich tun wollten, hörten wir vom Haus her eine Tür schlagen und eine weibliche Stimme rief: »Macht, dass ihr aus dem Kirschbaum herauskommt, sonst werde ich euch Beine machen.« Danach plumpste ein Junge nach dem anderen aus dem Baum auf den Rasen und rannte zum Zaun, den es geschwind zu überwinden galt. Nach einer guten halben Stunde rotteten wir uns erneut zusammen, um einen zweiten Versuch zu starten. Es ging alles gut. Wir saßen wieder im Baum und die Kirschen schmeckten köstlich. Es ging so lange gut, bis einer der Jungen, der sich zu weit vorgewagt hatte, krachend von einem Ast abrutschte und neben dem Baum landete. Das Krachen und der Aufschrei waren nicht zu überhören. Nun kam die Nachbarin mit einem Besen in der Hand auf den Kirschbaum zugelaufen und rief:»Wehe, wenn ich einen von euch erwische!« Wie auf ein Kommando sprangen wir aus dem Baum, rannten auf den Zaun zu und brachten uns dann in Sicherheit, bis auf einen. Das war Klaus. Er war so hoch in den Baum gestiegen, dass er keine Chance hatte, rechtzeitig den rettenden Zaun zu erreichen. Also blieb ihm nichts anderes übrig, als im Baum zu verweilen und sich still zu verhalten. Hin und wieder fiel ein Kirschkern herunter, den er ausgespuckt hatte. Sonst war von ihm nichts zu hören. Erst am späten Nachmittag traute er sich hinunter und kam ungesehen über den Zaun. Er hatte die Taschen voller, zum Teil auch zerquetschter, Kirschen, die er unter uns Jungen verteilte.

Eintritt in eine Jugendgruppe

Als ich zwölf oder dreizehn Jahre alt war, ließ ich mich von Freunden überreden, der Jungschar beizutreten. Soweit ich mich erinnere, war diese Einrichtung christlich orientiert und sollte zu einer sinnvollen Freizeitgestaltung beitragen. Der Leiter unserer Gruppe war der spätere Chronist der Stadt Unna Willy Timm. Einmal wöchentlich traf man sich gegen 16 Uhr im Gemeinderaum der evangelischen Kirche in Königsborn. Nach einem gemeinsamen Gebet wurden Geschichten aus der Bibel vorgelesen oder Wander- und Fahrtenlieder eingeübt bzw. gesungen sowie Ballspiele gemacht und auch Wanderungen besprochen und vorbereitet. Besonders die Wanderungen, die ins Ruhrtal und ins Sauerland führten, habe ich noch in guter Erinnerung. Nach meinem Eintritt ins Berufsleben konnte ich an den wöchentlichen Treffen nicht mehr teilnehmen. Willy Timm war auch nicht mehr lange Leiter der Jungschargruppe. Er begab sich in die Dienste der Stadt Unna und machte sich später einen Namen als Chronist und Stadtarchivar. Leider habe ich ihn nicht mehr gesehen, weil ich meine Heimatstadt auch bald verließ, um in die große, weite Welt zu gehen. Willy Timm verstarb im Jahre 1999. Gerne hätte ich mich noch einmal mit ihm getroffen.

Schülererholung auf der Insel Juist

In der Schule wurden wieder einmal Reihenuntersuchungen durchgeführt. Nach gründlicher Untersuchung stellte man bei mir einen schlechten Ernährungszustand fest. Auf Fürsprache des Klassenlehrers und mit Einverständnis der Eltern hatte das Gesundheitsamt Unna mich für eine mehrwöchige Schülererholung auf der Nordseeinsel Juist vorgemerkt. Außer mir stand noch mein Schulkamerad Reiner auf der Kandidatenliste. Anfang Juni des Jahres 1950 fanden sich alle erholungsbedürftigen Schüler des Kreises Unna auf dem Bahnsteig des Unnaer Hauptbahnhofs ein. Es sollte meine erste längere Abwesenheit von zu Hause sein. Mir war, offen gestanden, etwas mulmig zumute. Wir wurden von einem Vertreter der Stadt Unna in Empfang genommen und von ihm auch bis nach Juist begleitet. Auf Juist übergab man uns in die Obhut der Leiterin des **Unna-Heimes**. Es war ein reines Schwesternheim. Nur der Hausmeister war männlichen Geschlechts. Gleich nach der Ankunft teilte man uns in Gruppen ein, für die jeweils eine jüngere Schwester zuständig war. Anschließend bekamen wir unsere Stuben zugewiesen. Die Stuben wiesen alle in Richtung Wattenmeer. Die Waschräume lagen auf der gegenüberliegenden Seite des Flures. Dort hörte man bei geöffnetem Fenster das Rauschen der Brandung von der Nordsee. Die Insel ist 17 Kilometer lang und nur einen Kilometer breit. Auf Juist gab es keine Autos, nur Fahrräder und Pferdekutschen. Auf dem Eiland herrschte eine wohltuende Stille. Nur das Pfeifen des Windes im Dünengras war zu hören. Erholung pur! Jeden Morgen nahmen die einzelnen Gruppen mit ihren Betreuerinnen zum gemeinsamen Frühstück im großen Speisesaal die vorgeschriebenen Plätze ein. Mit dem Essen wurde erst nach einem kurzen Gebet und ein paar Worten der Heimleiterin begonnen. Das gleiche Prozedere vollzog sich ebenso bei allen anderen Mahlzeiten. Nach dem Frühstück begaben sich die einzelnen Gruppen mit ihrer Betreuerin an den Strand, machten Spiele oder eine Dünenwanderung. Bei schlechtem Wetter wurden in den Aufenthaltsräumen Wander- und Fahrtenlieder eingeübt, Volkstänze einstudiert oder Geschichten vorgelesen. An eine Geschichte kann ich mich noch gut erinnern. Der Titel lautete »Das rote U«. Es war ein spannender Kinderkrimi. Schwester Gerda, die Betreuerin der Gruppe, in der ich mich befand, machte auf uns Jungen einen netten und sympathischen Eindruck. Sie war jedenfalls nicht so streng wie einige andere Betreuerinnen. Innerhalb der Gruppe hatte man sich schnell miteinander bekannt gemacht. Außer meinem Schulkameraden Reiner lernte ich noch Uwe, Walter, Udo und einige andere Freunde kennen, deren Namen mir nicht mehr geläufig sind. Mit den meisten von ihnen habe ich noch viele Jahre in Verbindung gestanden. Es hatte sich eine gewisse Freundschaft aufgebaut. In den ersten Tagen, fern des Elternhauses, verspürte ich Heimweh. Daher hatte ich mit meinen Eltern vereinbart, auf der ersten Postkarte, die wir schreiben durften, die Anrede »**Liebe Eltern**« zu unterstreichen, für den Fall, dass das Heimweh zu groß sein würde und sie mich zurückholen sollten. Nach einem inneren Kampf hatte ich mich entschlossen, von der mit meinen Eltern getroffenen Vereinbarung keinen Gebrauch zu machen und die Sache als angehender junger Mann durchzustehen. Auf keinen Fall wollte ich ein Weichei sein. Mit der Zeit hatte ich mich eingewöhnt und das Heimweh war bald verflogen. Wir verbrachten viel Zeit an der frischen Luft. Am Strand wurden Spiele und Wettkämpfe veranstaltet. Unsere Betreuerinnen verfügten dazu über ein umfangreiches Repertoire an Möglichkeiten der Freizeitgestaltung. Vermutlich stammte vieles noch aus deren BDM-Zeit. Der Aufenthalt an der Seeluft sorgte bei uns Schülern für einen gesunden Appetit, zumal das Essen für damalige Verhältnisse wirklich gut war. Einen Wermutstropfen musste ich allerdings in Kauf nehmen. Meinen dreizehnten Geburtstag konnte ich leider nicht daheim verbringen. Dafür bekam ich von der Heimleitung nachmittags ein besonders großes Stück Kuchen und von den Schülern ein Liedchen vorgesungen. Schülerinnen waren zu diesem Zeitpunkt nicht im Heim.

Nach gut vierzehn Tagen bekam mein Schulfreund Reiner Besuch von seinen Eltern. Sie waren sehr nett und luden Reiner und mich in einem kleinen Café zu einer Portion Eis ein. Das hat lecker geschmeckt! Wie dabei zu erfahren war, waren Reiners Eltern von Königsborn in die Unnaer Oberstadt umgezogen und für Reiner stand somit ein Schulwechsel bevor. Die Postkarten, die ich meinen Eltern schrieb, enthielten nur positive Nachrichten von unserem Heimaufenthalt. Inzwischen hatte ich auch einige Pfunde zugenommen. Ich fühlte mich gekräftigt und war auch bald kein Schwächling mehr. Das zeigte sich an einem Nachmittag bei einer Balgerei am Strand. Ich hatte Udo als Ringkampfpartner zugeteilt bekommen. Er hatte meine Größe, war aber von kräftigerer Statur. Im Verlaufe der Rangelei gelang es mir, Udo aufs Kreuz zu legen. Von den im Umkreis stehenden Zuschauern wurde ich beklatscht. Nach dem Aufenthalt am Strand und vor dem Abendessen war Duschen angesagt. Danach mussten wir Schüler uns – nur mit einer Badehose bekleidet – in einer Reihe aufstellen, um nun auf Sauberkeit kontrolliert zu werden. Nicht nur Ohren und Fingernägel, auch intime Körperstellen wurden in Augenschein genommen. Jetzt, wo man sich an das schöne Leben ohne Schulstress und ohne Hausaufgaben gewöhnt hatte, nahte langsam das Ende der Erholungszeit. Bald hieß es Koffer packen und Abschied nehmen vom Heim und den netten Betreuerinnen. Während der langen Rückreise mit der Bahn ging ein jeder seinen Gedanken nach und ließ die zurückliegende Zeit noch einmal Revue passieren. In Unna angekommen, wurden vor der Verabschiedung schnell Adressen ausgetauscht und es wurde beteuert, sich gelegentlich zu besuchen. Daheim wurde dem »verlorenen Sohn« ein warmherziger Empfang bereitet. Als verspätetes Geburtstagsgeschenk erwartete mich mein Lieblingskuchen: Erdbeertorte mit Sahne. Im Nachhinein war festzustellen, dass mir der Erholungsaufenthalt auf Juist sehr gut bekommen war. Ich kam wohlgenährt und gekräftigt zurück. Es waren danach auch keine Erschöpfungszustände mehr zu verzeichnen.

In der Schule hatte ich den versäumten Unterrichtsstoff schnell nachgeholt. Im vorletzten Schuljahr wurden Englischklassen eingerichtet. Es war jedem Schüler freigestellt, am Englischunterricht, der allerdings immer nachmittags stattfand, teilzunehmen. Meine Eltern ließen mir freie Wahl. Mein Urgroßvater, der Moni, drängte mich quasi dazu, am Fremdsprachenunterricht teilzunehmen, mit den Worten: »Sprachen sind der Schlüssel zum Verständnis anderer Völker. Wer Sprachen beherrscht, hat gute Chancen im Berufsleben.« Ich hörte auf meinen Urgroßvater. Das war gut so, wie sich später herausstellen sollte.

700-Jahr-Feier der Stadt Unna

1950 beging die Stadt Unna ihr 700-jähriges Stadtjubiläum, zur Erinnerung an die urkundliche Erwähnung der Stadt im Jahre 1250. Dies war ein willkommener Anlass für den Stadtkämmerer, den chronisch unterernährten Stadtsäckel etwas aufzubessern. Dazu ließ man sich etwas Besonderes einfallen. Da Unna seit über 100 Jahren als Eselstadt bekannt war, musste jetzt ein Esel als Maskottchen herhalten. Was geschah? Die Stadt verteilte einige Hundert Bahnen graublauer Kunststofffolie nebst Watte und Nähgarn an freiwillige Helferinnen mit der Auflage, daraus nach einem beigefügten Muster einen ca. fünf Zentimeter großen Esel zu nähen. Nachdem Vorder- und Rückseite bis auf eine kleine Öffnung zusammengenäht waren, wurde das Eselchen mit Watte ausgestopft.

Hinzu kam noch ein kleiner Aufhänger und fertig war das Maskottchen. Unsere Mutter hatte sich auch an dieser Aktion beteiligt. Wir Kinder halfen fleißig mit, die Tiere mithilfe einer Pinzette ganz akkurat auszustopfen. An den Festtagen konnte man die Maskottchen für fünfzig Pfennig kaufen. Aber wie kam Unna zu dem Esel? Wie bereits erwähnt, existierte in Unna eine Solequelle. Aus der Soleflüssigkeit gewann man in einem Umwandlungsprozess im Stadtteil Königsborn das wichtige Lebensmittel **Salz**. Etwa zur gleichen Zeit wurde im Ruhrtal Kohle entdeckt, die man wiederum in Unna zur Beheizung der Siedepfannen und zur Betreibung einer Feuermaschine benötigte. Was lag also näher, als die Kohle zum Salz und das Salz zur Kohle zu bringen? Als billiges Transportmittel benutzte man Esel. So zogen täglich Eseltrecks mit Salzsäcken beladen von Unna über die Wilhelmshöhe ins Ruhrtal und umgekehrt Eseltrecks mit Kohlesäcken beladen vom Ruhrtal über die Wilhelmshöhe nach Unna.

Im Rahmen der Vorbereitungen zur 700-Jahr-Feier erhielten die Schulen vom Schulrat die Auflage, sich mit Märchenmotiven an einem »Umzug der Schulen« zu beteiligen. Meine Klasse entschied sich für den »Rattenfänger von Hameln«. Angeführt wurde die Szene von einem kostümierten Rattenfänger, dem viele Kinder hinterherliefen. Dann kamen mit etwas Abstand die Honoratioren der Stadt Hameln, gefolgt von Jägersleuten und trauernden Eltern, deren Kinder vom Rattenfänger aus der Stadt gelotst worden waren. Als verkleideter Bürgermeister führte ich die Honoratioren der Stadt an. Dazu hatte ich meinen einzigen von Schneidermeister Tralle gefertigten dunklen Anzug angezogen, einen schwarzen Bart angemalt, vom Urgroßvater den Hut ausgeliehen und eine aus Pappe und Silberpapier selbstgefertigte Bürgermeisterkette umgelegt. So zogen die Klassen in einem Umzug von Königsborn an Reihen begeisterter Zuschauer vorbei in die Oberstadt zum Marktplatz. Das Wetter war der Stadt hold und die Feier war ein großer Erfolg.

Umzug der Schulen anlässlich der 700-Jahrfeier der Stadt Unna; hier: „Der Rattenfänger von Hameln"

Der 96. Geburtstag

Am 11. Januar 1951 feierte unser Urgroßvater, der Moni, seinen 96. Geburtstag. Er war damals der älteste Einwohner Unnas. Die Honoratioren der Stadt kamen zum Gratulieren. Sogar Zeitungsreporter des »Hellweger Anzeigers« und der »Westfalenpost« gratulierten und baten um ein kleines Interview. Von Monis geistiger Beweglichkeit waren alle mehr als überrascht. Am nächsten Tag war in der Ausgabe des »Hellweger Anzeigers« zu lesen: »Mit 96 Jahren noch Rechenkünstler! Adolf Ulber konnte das große Einmaleins trotz seines fortgeschrittenen Alters noch vorwärts und rückwärts aufsagen.« Es war ein schöner Tag für unseren Opa. Opa bzw. Moni war, so würde man heute sagen, »pflegeleicht«. Andererseits wurde er von uns allen auch ganz liebevoll behandelt. Ein großes Verdienst hat sich dabei auch unsere Mutter erworben.

Es geschehen noch Zeichen und Wunder

Das schöne Kindheitsalter ging langsam zu Ende. Zum Englischunterricht kam der Konfirmandenunterricht hinzu. Dieser fand stets nachmittags statt. Gerade für die Konfirmation mussten wir Konfirmanden sehr viel auswendig lernen. Dazu zählten Kirchenlieder bis zur zweiten oder auch dritten Strophe, Psalmen und Teile aus dem Kleinen Katechismus. Es wurde intensiv für die Prüfung, die an einem Sonntag vor der Konfirmation in mündlicher Form während eines Gottesdienstes stattfand, gebüffelt. Man wollte sich schließlich nicht vor der gesamten Kirchengemeinde blamieren. So waren fast alle Wochentage ausgefüllt. Für irgendwelche Freizeitaktivitäten war kaum noch Platz. Wenige Tage vor der Konfirmation machte unser Pfarrer Hausbesuche bei den Eltern der Konfirmanden, um mit ihnen vorbereitende Gespräche zu führen.

So kam der Herr Pfarrer eines Nachmittags auch zu uns, ganz unangemeldet. Unser Vater war noch auf der Arbeit. Also musste der Pfarrer mit unserer Mutter vorliebnehmen. Mutter, gastfreundlich, wie sie immer war, bot unserem Herrn Pfarrer ein Glas Wein an, der dankend annahm. Sie holte eine Flasche Moselwein, die allerdings schon geöffnet war, aus einem gut gehüteten Versteck und schenkte dem Pfarrer ein Gläschen davon ein. Oh weh, was war geschehen? Anstelle des goldenen Moseltröpfchens füllte sich das Glas mit klarem Leitungswasser. Pfarrer und Mutter machten beide ein überraschtes Gesicht. Unsere Mutter bekam vor lauter Verlegenheit einen ganz roten Kopf. Sie fühlte sich vor dem Pfarrer blamiert bis auf die Knochen. Der Herr Pfarrer versuchte die Situation, dabei amüsiert lächelnd, zu überbrücken und sagte: »Liebe Frau Rösel, es geschehen immer noch Zeichen und Wunder. In der Bibel wurde Wasser zu Wein und bei Ihnen wurde Wein zu Wasser.« Meine Mutter entschuldigte sich gleich für die Blamage und sagte: »Das kann nur mein Mann gewesen sein!« Der Herr Pfarrer wird später noch des Öfteren bei seinen Besuchen von diesem »Wunder« erzählt haben. Als unser Vater am späten Nachmittag von der Arbeit nach Hause kam, erzählte ihm Mutter von dem Vorfall und von der ungeheuren Blamage, ausgerechnet beim Pfarrer. Zuerst bekam Vater einen großen Lachanfall. Dann gestand er reumütig, dass er zufällig auf der Suche nach einem Brotbelag im Küchenschrank, gut versteckt hinter anderen Lebensmitteln, die angebrochene Flasche Wein entdeckt habe. Wo er nun schon dabei war, sich ein Brot zu schmieren, dachte er so bei sich, könne ein Schluck von dem Wein gut dazu munden. So kam dann Schlückchen auf Schlückchen, bis die Flasche leer war. Damit die Sache aber nicht sogleich auffiel, hatte er die entnommene Menge wieder mit Leitungswasser aufgefüllt.

Die Konfirmation

Trotz dieses peinlichen Vorfalls hatte unser Pfarrer mich am Prüfungssonntag nicht bei der Prüfung durchfallen lassen. Am darauffolgenden Sonntag, den 18. März 1951 fand die feierliche Konfirmation statt. Mit der erstmaligen Teilnahme am heiligen Abendmahl und der Segnung wurde die Aufnahme in die christliche Gemeinschaft bestätigt. Nach der Segnung erhielt jeder Konfirmand eine Urkunde mit einem Bibelspruch. Mein Spruch lautete: »Sei getrost und sehr freudig, dass du haltest und tust aller Dinge nach den Geboten«, aus Josua 1, Vers 7. Dieser Spruch hat mich mein Leben lang begleitet und auch geleitet. Er hat mich gewissermaßen geprägt.

Es war üblich, dass die Konfirmanden von den Eltern sowie Verwandten und Bekannten beschenkt wurden. Ich hatte mir von allen Geld gewünscht. Von den Geldgeschenken sowie von dem durch Steinepicken und Rasieren des Urgroßvaters gesparten Geld gedachte ich mir später ein Fahrrad zu kaufen. Noch reichte das Geld nicht. Ich musste noch eine Weile warten.

Urgroßvaters Abschied

Zehn Monate später, am 20. November 1951, nahm er im Alter von 96 Jahren Abschied vom irdischen Leben. Es war um die Mittagszeit an einem klaren, sonnigen Novembertag, wo er sein obligatorisches Mittagsschläfchen zu halten pflegte. Vorher hatte er noch eine Haferschleimsuppe zu Mittag gegessen und zum Nachtisch ein Stückchen Schokolade gelutscht. Es muss so gegen vier Uhr nachmittags gewesen sein, als Uschi in Opas Zimmer ging, um etwas zu holen, als sie eine Veränderung beim Opa bemerkte und dies unserer Mutter mitteilte. Als Mutter ins Zimmer ging, sah sie unseren Opa friedlich auf dem Sofa liegen, die Hände über dem Bauch gefaltet, den Kopf zur Seite geneigt und etwas flüssige Schokolade aus seinem Mundwinkel laufend. Mutter fühlte den Puls und stellte fest, dass kein Puls mehr fühlbar war. Unser Urgroßvater blieb noch einige Tage bei uns bei geöffnetem Fenster liegen, bis er beigesetzt wurde. Es war erstaunlich, wie viele Menschen zu seiner Beerdigung kamen.

Beginn einer wirtschaftlichen Erholung

Langsam erholte sich Deutschland von den Folgen des Krieges. Niedergeschlagenheit und Bedrückung in der deutschen Bevölkerung wichen allmählich einer optimistischen und lebensbejahenden Einstellung. Ein Aufbauwille war in allen Lebensbereichen erkennbar. Mit der Wirtschaft ging es aufwärts. Unter dem damaligen Wirtschaftsminister Ludwig Erhard wurde die soziale

Marktwirtschaft eingeführt. Man sprach bald von einem deutschen Wirtschaftswunder. Im Rheinland feierte der Karneval nach vielen Jahren Dornröschenschlaf eine Auferstehung. Die rheinischen Frohnaturen ließen sich auf die Dauer nicht unterkriegen. Die ersten Nachkriegsschlager kamen auf. Einer der ersten Schlager, »Capri-Fischer«, wurde ein Dauerbrenner. Ich erinnere mich noch gerne an folgende Schlager: »Wir sind die Eingeborenen von Trizonesien«, »O mein Papa« oder »Wenn die Kornblumen blühen« und »Wer soll das bezahlen«. Unter den Schlagersängerinnen bzw. Schlagersängern machten sich zu dieser Zeit u. a. Caterina Valente, Lys Assia, Lale Andersen, Rudi Schuricke, Bruce Low, René Carol, Vico Torriani und Gerhard Wendland einen Namen.

Das letzte Schuljahr verging rasend schnell. In der Schule hatte uns unser Lehrer in puncto Unterrichtsstoff schon mächtig auf das Berufsleben vorbereitet. Die letzten Klassenarbeiten waren bereits geschrieben und benotet worden. Mein Schulentlassungszeugnis war sehr gut ausgefallen. Vor Beginn der Ferien, Mitte März 1952, wurde noch ein Klassenfoto mit unserem Klassenlehrer, Herrn Trappmann, gemacht und eine Abschlussfeier organisiert. Diese fand an einem Samstagabend in einer Gastwirtschaft in Königsborn statt. An dem besagten Abend ging es in der Gastwirtschaft hoch her. Endlich war man das Joch der Schule los. Voller Optimismus wurde der neue Lebensabschnitt angegangen. Es floss viel Alkohol, bei manch einem mehr, als er vertragen konnte. Für eine gelungene Überraschung sorgte eine Bierzeitung, die heimlich in den zurückliegenden Wochen verfasst worden war. Die Erheiterung darüber wollte kein Ende nehmen, denn es tauchte so manches Geheimnis von der einen oder dem anderen darin auf. Im Verlaufe des Abends gab uns Herr Trappmann noch manch wichtigen Ratschlag für unseren zukünftigen Lebensweg. Den Mädchen riet er, sich stets tugendhaft zu verhalten, und uns Jungen ermahnte er, dem weiblichen Geschlecht gegenüber immer anständig und ritterlich aufzutreten. Gegen Mitternacht ging die Feier zu Ende und man nahm Abschied voneinander. Als ich mich von der liebgewordenen Klassengemeinschaft und unserem Klassenlehrer verabschiedete, beschlich mich ein Gefühl der Wehmut. Ich verspürte einen Kloß im Hals. Für manch einen von uns war es ein Abschied für immer. Unseren geliebten Klassenlehrer, Herrn Trappmann, habe ich seitdem leider nicht mehr wiedergesehen.

Lehrjahre

Den Schulkameraden Hartmut und mich hatte Herr Trappmann ganz hervorragend auf eine weiterführende Schule vorbereitet, sodass man uns eine Freistelle (ohne Schulgeld) an der Unnaer Aufbauschule garantiert hatte. Da weder Hartmut noch ich aus wohlhabenden Familien stammten, hatten wir die Chance, kostenlos weiterlernen zu können, ausgeschlagen und uns stattdessen um eine Lehrstelle bemüht, wo es doch schon etwas zu verdienen gab. Da ich, wie Herr Trappmann einst feststellte, eher der Theoretiker und weniger der Praktiker sei, glaubte ich, dass eine Bürostelle für mich das Richtige sei. Bei einem zufälligen Treffen mit meinem früheren Schulkameraden Reiner erfuhr ich, dass in der Firma, in der sein Vater als Prokurist beschäftigt war, zum 1. April 1952 eine

Lehrstelle zum Industriekaufmann frei werde. Lehrstellen, gleich welcher Art, waren zu jener Zeit schwer zu bekommen. Ohne lange zu zögern, habe ich mich bei dieser Firma um eine Einstellung als kaufmännischer Lehrling beworben. Es dauerte eine Weile, da erhielt ich eine schriftliche Vorladung zu einem Vorstellungsgespräch. Nach einer kurzen Vorstellung beim Personalchef erhielt ich wenige Tage später den Lehrvertrag zugesandt, den außer mir auch mein Vater als gesetzlicher Vertreter unterschreiben musste. Im Lehrvertrag war festgelegt, dass ich im ersten Lehrjahr monatlich 55 Deutsche Mark, im zweiten Lehrjahr 68 Deutsche Mark und im dritten Lehrjahr 81 Deutsche Mark erhalte. Zum ersten April des Jahres 1952 konnte ich die Stelle antreten.

Die Firma, in der ich meine Lehre antreten sollte, war eine Maschinenfabrik und Eisengießerei mit über zweihundert Beschäftigten. Es wurden primär Drahtziehmaschinen, die der Produktion von Drähten, Nägeln, Zäunen und Stacheldraht dienten, hergestellt. Außerdem befasste man sich mit der Entwicklung eines stufenlosen Getriebes. Die unmittelbar an der Bahnstrecke Unna–Hamm gelegenen Fabrikgebäude (Eisengießerei, Werkshalle, Montagehalle, Schmiede, Lager und Modellschreinerei) schienen wie durch ein Wunder unter den Kriegseinwirkungen kaum gelitten zu haben, sodass nach geringfügigen Reparaturarbeiten wieder mit der Produktion begonnen werden konnte. Dagegen hatte das Bürogebäude einen Volltreffer abbekommen und war bis auf die Kellerdecke zerstört bzw. abgebrannt. Es wurde in den ersten Nachkriegsjahren behelfsmäßig aufgebaut und erhielt anstelle eines Giebeldaches ein mit Dachpappe versehenes Flachdach.

Dieter Rösel 1952/1953

Am Tage meines Dienstantritts wurde ich vom Personalchef durch die verschiedenen Abteilungen geführt und meinen zukünftigen Kollegen bzw. Vorgesetzten vorgestellt. Der Firmenchef war an diesem Tag nicht anwesend. Demzufolge konnte ich ihm auch nicht vorgestellt werden. Das geschah später. Den ersten Ausbildungsabschnitt verbrachte ich in der Registratur. Außer der allgemeinen Aktenverwaltung diente sie gleichzeitig als Telefonzentrale sowie

Posteingangs- und Postausgangsstelle. Mein unmittelbarer Vorgesetzter in der Registratur war Herr Kriem. Als Kriegsversehrter im Zweiten Weltkrieg – er hatte den rechten Arm verloren – verrichtete er alle Tätigkeiten mit der linken Hand. Ich konnte ihn nur bewundern, wie akkurat und gewissenhaft er trotz seiner Versehrtheit seine Arbeiten ausführte. Auf meine Frage, wie es zum Verlust des rechten Armes gekommen sei, erklärte er, dass er als Infanterist der »Schnellen Truppe« zugeteilt worden sei. Diese sei als schnelle Eingreiftruppe immer an den Brennpunkten der Fronten eingesetzt worden. Beim Nahkampf an der Westfront sei ihm durch eine feindliche Handgranate der rechte Unterarm weggerissen worden.

Im Laufe der Zeit konnte ich feststellen, dass die Firma gegenüber den Beschäftigten sehr sozial eingestellt war. Behinderte und Kriegsversehrte waren auf dem Bürosektor stark vertreten.

Die ca. fünf Kilometer betragende Entfernung von Königsborn bis zur Arbeitsstelle legte ich täglich mit dem Fahrrad zurück, das ich mir mühsam zusammengespart hatte. Ich kann mich noch gut erinnern, als ich an einem Samstag mit meinem Vater mit der Bahn nach Dortmund gefahren war, um in einem bekannten Zweiradgeschäft mein erstes Fahrrad zu kaufen. Es war silberfarben, besaß eine Dreigangschaltung und hatte außerdem schon Felgenbremsen. Es war mein ganzer Stolz. Ich nannte es Silberpfeil. Meine Berufskleidung setzte sich zusammen aus einer echten bayerischen Lederhose, einem karierten Oberhemd, Kniestrümpfen und einer weiß-blau melierten Strickjacke (ein Geburtstagsgeschenk von Omi).

Nach zwei Monaten war ich gut eingearbeitet, sodass ich in der

Lage war, meinen Chef während der Urlaubszeit zu vertreten. So viele geschäftliche Telefonate wie in dieser Registratur habe ich in meinem restlichen Leben nicht vermitteln müssen. Noch heute sind mir einige Firmennamen mit Telefonnummern aus der damaligen Zeit geläufig. Wie im Ausbildungsplan vorgesehen, kam ich nach drei Monaten Registraturdienst ins Betriebsbüro. Dort machte man mich zunächst mit dem Vorkalkulator, dem REFA-Fachmann, dem Gießereimeister sowie dessen Vertreter bekannt. Hier wurde ich nun vor Ort mit den Abläufen in der Arbeitsvorbereitung sowie der Vor- und Nachkalkulation vertraut gemacht. Viele technische Begriffe musste ich mir fest einprägen, wie zum Beispiel die unterschiedlichen Härtegrade bei Stahl. Ebenso wenig war mir bekannt, dass es verschiedene Arten von Kugellagern gibt oder wie Stirnzahnräder von Kegelzahnrädern zu unterscheiden sind. Heute weiß ich, was eine Kontramedüse ist oder was eine Verkapselung der Antipiloxe bedeutet: nichts weiter als Phantasieprodukte des Kollegen aus der Vorkalkulation! Obwohl er im Krieg ein Bein verlor, hatte er noch lange nicht seinen Berliner Humor verloren. Er war auch derjenige, welcher mich einmal ins Lager schickte, um Gewichte für die Wasserwaage zu besorgen. Da ich technisch immer interessiert war, hatte ich hier die beste Gelegenheit, mein Wissen zu bereichern. Im Betriebsbüro begann die Arbeit zusammen mit dem Werksbetrieb um sechs Uhr morgens. Das hieß für mich, um fünf Uhr aus den Federn! Dafür war auch eineinhalb Stunden früher Feierabend. Damals wurde noch 48 Stunden in der Woche, einschließlich Samstag, gearbeitet!

Freizeitvergnügen

An Wochenenden besuchte uns (Klaus und mich) Schulfreund Reiner mit dem Fahrrad, um mit uns per Rad Ausflüge in die nähere Umgebung zu machen. Klaus hatte vor einiger Zeit ein preiswertes gebrauchtes Fahrrad erstanden. So konnten wir gemeinsam zu dritt Radtouren machen. Bei schönem Wetter fuhren wir nach Holzwickede ins Freibad zum Schwimmen oder wir veranstalteten ein kleines Rennen über den Ruhrschnellweg (B1) in die ca. 15 Kilometer entfernte Stadt Dortmund. Dortmund war damals schon eine Großstadt. Wir brauchten ungefähr 40 Minuten für eine Strecke. Dortmund übte schon damals eine gewisse Anziehung auf uns aus, besonders dann, wenn in der Westfalenhalle Boxkämpfe oder das berühmte »Sechstagerennen« stattfanden. Bei den Sechstagerennen hielten wir Jugendlichen es stets bis in die frühen Morgenstunden aus. Jedes Mal, wenn die »Jagden« begannen und dabei der Wiener Sportpalastwalzer aus den Lautsprechern ertönte, begleitet von einem infernalischen Pfeifkonzert der Zuschauer, steigerte sich die Spannung ins Unermessliche. Zu dritt machten wir u. a. Radtouren ins Sauerland zum Möhne- oder Sorpesee. Dann ging es mal ins Münsterland und zum Halterner Stausee. Es war ein unglaublich schönes Gefühl, frei zu sein und die Welt mit dem Fahrrad erschließen zu können.

Die praktische kaufmännische Ausbildung wurde begleitet von einem theoretischen Unterricht, der einmal wöchentlich in der Unnaer Berufsschule stattfand. Bei dieser Gelegenheit traf ich zufällig einen ehemaligen Mitschüler. Sein Name war Friedhelm. Wegen seines roten Haarschopfes nannte man ihn auch »Friedhelm der

Fuchs«. Wie er mir sagte, durchlief er ebenfalls eine kaufmännische Ausbildung bei einer Unnaer Firma. Als sich herausstellte, dass er nicht allzu weit von uns entfernt wohnte, verabredeten wir uns öfters zu Kinobesuchen, beruflichen Veranstaltungen oder Skatabenden. Das traf sich gut. Bruder Klaus und ich hatten uns von unserem Onkel Willi einige Zeit zuvor Skatspielen beibringen lassen und wir suchten dringend einen dritten Mann. Anfangs spielten wir bei Friedhelm oder bei uns daheim. Später, ab dem dritten Lehrjahr, wo unser monatliches Lehrgeld auf stattliche 81 DM angestiegen war, verlegten wir unsere Skatabende in Gaststätten. Es wurde nicht um Geld gespielt. Der Verlierer zahlte nur eine Bierrunde. Hin und wieder besuchten wir unsere Großmutter (Omi), die in das wieder renovierte Zechenhaus zu Onkel Willi und Tante Herta gezogen war. Dort spielten Klaus und ich mit Onkel Willi bis in den späten Abend Skat. Währenddessen versorgte uns Omi mit Bratenschnitten und Getränken. Das sind noch immer schöne Erinnerungen.

Das zweite Lehrjahr

Das erste Lehrjahr ging schnell herum. Im zweiten Lehrjahr durchlief ich die Abteilungen Lager, Verkauf und Buchhaltung. Im Lager herrschte der Lagerverwalter Max Lauber als ungekrönter König. Er war ein gemütlicher Berliner, der mir viel über eine geordnete und überschaubare Lagerhaltung beibrachte. Erst bei der Inventur wurde mir klar, welch eine Menge Material zu verwalten war. Die Artikel reichten von Werkzeugen und Ersatzteilen über Antriebswellen bis zum Getriebe. Die Zeit bei Herrn Lauber trug wesentlich zur Bereicherung meines technischen Wissens und Verständnisses für die betrieblichen Abläufe bei. Die dort gemachten Erfahrungen waren für meine spätere Tätigkeit als Einkäufer von größtem Wert.

Mein Aufenthalt im Verkauf war von kürzerer Dauer. Dort dominierte das Sprachengenie Billy Spieker. Er beherrschte außer der deutschen die englische, französische und spanische Sprache. Dieser Umstand war sehr hilfreich beim Anknüpfen von Kontakten für den Export auf dem internationalen Markt. Da ich außer mit meinem Schulenglisch nicht wesentlich bei der Geschäftsabwicklung mitwirken konnte, gab es für mich in dieser Abteilung wenig zu tun.

Eine blutrünstige Geschichte

Die nächste Ausbildungsstation war die Buchhaltung. Herr Buttler war hier der Chef. Ihm standen zwei Damen zur Seite. Da waren einmal eine etwas ältere Dame mit leicht sadistischen Zügen und eine jüngere Dame, an deren Namen ich mich nicht mehr erinnere. Herr Buttler nannte mich häufig Filius, vermutlich aufgrund meines noch sehr schülerhaften Aussehens. Herr Buttler unterrichtete mich über wichtige zu beachtende Dinge bei der Buchhaltung und war bestrebt, mir möglichst viel beizubringen. Das machte mir ungeheuren Spaß, zumal Buchführung zu meinen Lieblingsfächern in der Berufsschule zählte. Leider verließ Herr Buttler die Firma alsbald, um sich bei einem anderen Unternehmen als Hauptbuchhalter finanziell zu verbessern. Nun war ich den beiden Damen allein ausgeliefert. Fräulein Priemel, eine frustrierte Jungfer, tuschelte andauernd mit der anderen Dame. Ich hatte den Eindruck, dass sie mich nicht in ihre Karten schauen lassen wollten. Vielleicht fürchteten sie in mir eine spätere Konkurrenz. Sie ließen mich häufig Botengänge erledigen, die unser Herr Klett, ein Rentner, der sich gerne ein Zubrot verdienen wollte, auch hätte erledigen können. Eines Morgens sagte Fräulein Priemel zu ihrer Kollegin: »Unsere Blumen auf dem Fensterbrett sehen gar nicht gut aus. Ich glaube, sie müssten mal wieder gedüngt werden. Frisches Ochsenblut soll Wunder wirken.« Die andere Kollegin entgegnete: »Davon habe ich auch schon gehört.« Nun wandte sich die frustrierte Jungfer an mich und sagte: »Dieter (wir Lehrlinge wurden damals noch geduzt), du könntest mal zum Unnaer Schlachthof gehen und uns ein Kännchen mit Ochsenblut besorgen.« Das war der sonderbarste Auftrag, den ich während meiner ganzen Lehrzeit erhalten hatte. Sehr erbaut war ich gerade nicht, aber es gab ohnehin nicht viel für mich zu tun. So ging ich mit einer leeren Konservendose, die ich in einem Beutel verschwinden ließ, in die Stadt. Ich ließ mir für diesen merkwürdigen Auftrag viel Zeit und schlenderte erst einmal gemütlich durch die Straßen, wobei ich mir in Ruhe die Geschäfte und Kinoplakate anschaute. Endlich am Schlachthof angekommen, brachte ich dort mein Anliegen vor. Man bedeutete mir, dass ich eine Weile draußen warten müsse, bis das angelieferte Schlachtvieh von dem Fahrzeug herunter sei und im Schlachthaus an der Schlachtbank Aufstellung genommen habe. Nach ca. zwanzig Minuten rief man mich herein. Die Frage des Schlachtermeisters, ob ich bei der Tötung, die nichts für schwache Nerven sei, dabei sein wolle, beantwortete ich mit einem klaren Ja.

Schließlich sollten die beiden Damen von der Buchhaltung eine nette Geschichte zu hören bekommen. Noch heute sehe ich den vierschrötigen Schlachtermeister, wie er, mit einer Gummischürze und Gummistiefeln bekleidet und mit einem Bolzenschussgerät in den Händen auf einer länglichen, stufenförmigen Erhöhung stehend, auf das erste der in einer Reihe angetretenen Tiere zugeht, den Lauf des Gerätes an dessen Stirn ansetzt und abdrückt. Wie von einem Blitz getroffen, knickte der Ochse in den Läufen ein und sackte zu Boden. Die ganze Prozedur wiederholte sich sechs- oder siebenmal. Anschließend kam ein Schlachtergeselle und öffnete mit einem besonders scharfen Messer die Halsschlagadern der am Boden liegenden Tiere, sodass das Blut vom noch schlagenden Herzen herausgepumpt wurde. Nun war die Reihe an mir. Ich hielt dem Gesellen die leere Konservendose hin und bat ihn, sie mit dem frischen Blut zu füllen, was er auch ohne Weiteres tat. Ich bedankte mich und begab mich zurück zur Firma. Meine Gangart hatte ich so eingerichtet, dass ich kurz vor der Mittagspause wieder zurück war. Die beiden neugierigen Damen hatten mich schon erwartet. Ich stellte zunächst die Konservendose mit dem warmen und noch schäumenden Blut demonstrativ vor den Damen auf den Tisch. Deren Frage, ob ich bei dem Schlachtvorgang anwesend gewesen sei, beantwortete ich mit einem deutlichen Ja. Darauf hieß es: »Nun erzähl uns einmal, wie das so vor sich ging!« Ich schaute auf die Uhr und sah, dass es noch wenige Minuten bis zur Mittagspause waren. Also berichtete ich, noch ziemlich erregt und beeindruckt, von dem traurigen Geschehen im Schlachthof. Dabei unterließ ich es nicht, noch einige schaurige Dinge hinzuzudichten. So erzählte ich zum Beispiel von zuckenden Gliedmaßen, blutbespritzten Stiefeln und Schürzen oder davon, wie sich ein Ochse, dem das Blut aus der Halsschlagader strömte, noch einmal aufrichtete, um dann qualvoll in sich zusammenzubrechen. Ich war noch gar nicht fertig mit meiner Geschichte, als die jüngere Dame aufschrie und sagte: »Hör auf, hör auf, mir wird ganz schlecht. Ich kann heute Mittag nichts mehr essen.« Die ältere Dame hörte schweigend zu und rutschte dabei unruhig auf ihrem Stuhl hin und her. Mit meiner schaurigen Darstellung hatten die Damen die »Rache des kleinen Mannes« zu spüren bekommen. Ich blieb nicht mehr lange in dieser Abteilung und wanderte weiter zum nächsten Ausbildungsabschnitt.

Berufliche Weiterbildung

In der Zeitung machte die Volkshochschule Unna u. a. Werbung für Steno- und Maschinenschreibkurse. Da ich bestrebt war, mich in meinem Beruf weiterzubilden, meldete ich mich zu den beiden Kursen als Teilnehmer an. Zu meiner Überraschung musste ich schon in der ersten Stunde feststellen, dass ich das einzige männliche Wesen unter eineinhalb Dutzend überwiegend junger Damen war. Beizeiten merkte ich, dass die Mädel mit mir anbandeln wollten. Aber ich zeigte ihnen die kalte Schulter. Vater und Mutter hatten uns Jungen dazu angehalten, nicht zu früh mit Mädchen Kontakte anzuknüpfen. Erst wenn wir einen Beruf hätten, könnten wir uns nach einer Freundin umsehen. Diese Einstellung schien den jungen Damen im Stenokursus nicht zu gefallen. Ich weiß nicht, ob sie nur Aufmerksamkeit erregen oder sich für mein Desinteresse rächen wollten. Jedenfalls hatten sie mir eines Abends an meinem schönen Fahrrad die Luft aus den Reifen gelassen. Sie gingen nach der Unterrichtsstunde kichernd an mir vorbei, während ich mich abmühte, wieder Luft auf die Reifen zu pumpen. Die Kurse, die bislang an zwei verschiedenen Wochentagen stattgefunden hatten, wurden im zweiten Halbjahr für Fortgeschrittene auf den gleichen Abend verlegt. Das war für mich ungünstig. Also entschied ich mich, den Stenokursus in Unna beizubehalten und mich in Dortmund zu einem Maschinenschreibkursus anzumelden. Beim Berufsschulunterricht erfuhr ich von Friedhelm, meinem ehemaligen Mitschüler aus der Volksschulzeit, dass er sich ebenfalls in Dortmund zum gleichen Kursus angemeldet habe. Das fanden wir beide großartig. So fuhren wir nach dem Berufsschulunterricht gemeinsam mit der Straßenbahn nach Dortmund. Die Teilnahme am Unterricht verlief erfolgreich. Auf einer besonderen Schreibmaschine brachte man uns außerdem Blindschreiben bei. Ferner wurden wir auf eine Schreibgeschwindigkeit von 240 Anschlägen pro Minute getrimmt. Dieser Kursus war, wie sich noch herausstellen sollte, eine gute Investition im Hinblick auf meine spätere berufliche Entwicklung. An den Verlauf der Straßenbahntrasse kann ich mich noch gut erinnern: Unna – Massen – Wickede – Asseln – Brackel – Wambel – Körne – Dortmund-Innenstadt. Um uns an solch langen Tagen wachzuhalten, so glaubten wir, ließe sich die Müdigkeit mit Nikotingenuss vertreiben. Wir kauften uns eine Fünferpackung Zigaretten und rauchten auf der Rückfahrt von Dortmund nach Unna genüsslich eine Zigarette in der Bahn. Von Rauchen konnte eigentlich keine Rede sein. Es wurde mehr oder weniger blauer Dunst in die Luft geblasen. In Unna angekommen, genehmigten wir uns in der Gaststätte am Bahnhof hin und wieder ein Bier und rauchten eine Zigarette dazu. Wir wollten damit demonstrieren, dass wir, inzwischen im dritten Lehrjahr angekommen, schon junge Männer waren. Ab jetzt nahm das Unheil in puncto Rauchen seinen Lauf. Von ursprünglich fünf Zigaretten in der Woche steigerte ich mich innerhalb von sieben Jahren auf fast dreißig Stück pro Tag.

Unna mit Rathaus und Stadtkirche

Das dritte Lehrjahr

Im Jahre 1954 wurde das dritte und letzte Lehrjahr eingeläutet. Nachdem man mich von den beiden unsympathischen Damen aus der Buchhaltung erlöst hatte, fand ich mich in der Lohnbuchhaltung wieder. Hier herrschte im Gegensatz zur Buchhaltung ein angenehmes Arbeitsklima. Zwischendurch wurde auch schon mal gelacht. Herr Schläfer war dort der Leiter und ihm zur Seite standen eine ältere Dame und ein junger Kaufmannsgehilfe. In der Lohnbuchhaltung wurden, wie der Name schon sagt, Löhne für einige Hundert Arbeitnehmer abgerechnet. Zahltag war in der Regel der Letzte eines Monats. Vor Auszahlung der Löhne holten der Leiter der Lohnbuchhaltung und dessen Gehilfe die Lohngelder (damals zu Fuß) von der Bank ab. Manchmal durfte ich die beiden oder einen von ihnen zur Bank begleiten. Einmal waren wir in eine peinliche Situation geraten. Als wir eines Tages Lohngelder abholen wollten, stellten wir fest, dass wir den Geldsortenzettel nicht bei uns hatten. Es ging immerhin um etliche Tausend Mark. Als Jüngster im Bunde hatte ich das Vergnügen, zurück zur Firma zu spurten, um den Sortenzettel zu holen. Das war uns aber nur einmal passiert. An Zahltagen wurde es hektisch in der Lohnbuchhaltung. Nachdem die Lohngelder dort abgeliefert worden waren, mussten diese binnen kürzester Zeit mitsamt den Lohnstreifen bis zum Mittag eingetütet werden, denn die ersten Arbeitnehmer hatten bereits um vierzehn Uhr Feierabend. Für die Zahlung der Angestelltengehälter war allerdings die Hauptbuchhaltung zuständig. Während der Urlaubszeit hatte ich Gelegenheit, mein erlerntes Wissen unter Beweis zu stellen, indem ich die drei Mitstreiter abwechselnd vertreten durfte. Das war eine echte Freude und jedes Mal ein schönes Erfolgserlebnis, wenn alles ohne Reklamationen über die Bühne ging.

Betriebsausflug

Im Mai 1954 organisierten der Betriebsleiter und der Betriebsratsvorsitzende gemeinsam einen Betriebsausflug. Eine »Fahrt ins Blaue« war angesagt. Mit mehreren Bussen ging es ins malerische Stephanopeltal bei Iserlohn. Vor einem größeren Hotel, welches sich auf einer Anhöhe befand, machten die Busse halt. Der Hotelbesitzer hieß uns herzlich willkommen und führte uns in einen Saal mit gedeckten Tischen. Nach einem Begrüßungstrunk und Ansprachen von mittlerer Länge unseres Personalchefs und kaufmännischen Leiters, gefolgt vom Betriebsleiter und dem Betriebsratsvorsitzenden, wurde auch schon das Mittagessen aufgetragen. Wenn ich mich recht erinnere, gab es Rinderroulade mit Rotkraut und Kartoffeln. Es war ein Essen, das jedem gemundet hat. Vorab wurde eine Rinderkraftbrühe serviert. An den Nachtisch kann ich mich heute nach fast sechzig Jahren wirklich nicht mehr erinnern. Nach dem guten Essen vertrat man sich die Füße und genoss die Aussicht auf das schöne Sauerland. Für den frühen Nachmittag war ein Königsschießen angesagt. Ein Schützenkönig sollte ermittelt werden. Ein jeder konnte sich an dem Schießen beteiligen. Es wurde mit einem Luftgewehr auf 12er Ringscheiben geschossen. Man drängte mich, auch mal mein Glück zu versuchen. Zu meiner Überraschung konnte ich mich mit einem respektablen Ergebnis sehen lassen. Zum Schützenkönig hatte es jedoch nicht gereicht. Schützenkönig wurde unser kaufmännischer Leiter. Zur Schützenkönigin wählte er seine Sekretärin. Man ließ nun das Königspaar hochleben. Der Schützenkönig ließ sich nicht lumpen und gab, wie es sich bei solch einem Anlass wohl gehört, eine große Bierrunde aus. Am späten Nachmittag setzten sich die Busse mit uns wieder in Richtung Heimat in Bewegung. Es war ein schöner Tag gewesen, bei dem auch das Wetter mitgespielt hatte. An diesem Nachmittag hatte ich Schießen als ein neues Hobby entdeckt.

Ein gefährliches Hobby

Bald darauf legte ich mir ein Luftgewehr zu. Mein Bruder Klaus fand auch Gefallen an einem Luftgewehr, desgleichen Schulfreund Friedhelm. Wir bastelten Zielscheiben aus Pappe und schossen darauf um die Wette. An einem schönen Sonntagvormittag schaute ich aus unserem Schlafzimmerfenster und entdeckte im Kirschbaum unseres Nachbarn einen bunten Eichelhäher. Er bot ein wunderbares, verlockendes Ziel. Ich konnte der Versuchung nicht länger widerstehen, griff zum Gewehr, zielte und drückte ab. Volltreffer! Wie vom Blitz getroffen, stürzte der Vogel vom Ast auf den Rasen. Er war sofort tot. In diesem Moment tat mir das Tier leid und ich bereute mein Tun. Ich nahm mir vor, nie wieder auf Tiere zu schießen. Bei einer anderen Gelegenheit spielten wir Jugendlichen Räuber und Gendarm. Mit Gewehren unter dem Arm jagten wir die Räuber. Plötzlich stand ich meinem Bruder gegenüber. Vor lauter Schreck oder instinktiv zog ich den Abzug des Gewehres und traf meinen Bruder mit einer Diabolokugel knapp eineinhalb Zentimeter unterhalb des rechten Auges in die Backe. Sie fing direkt an zu bluten. Daraufhin wurde das Spiel sofort abgebrochen. Ich nahm mir vor, nie wieder auf Menschen zu schießen. Dieser Devise bin ich mein Leben lang treu geblieben, auch als ich später bei der Bundeswehr Dienst tat.

Innerbetriebliche Umstellung

Nachdem ich die Lohnbuchhaltung durchlaufen hatte, kam ich in den Einkauf, dessen Leiter Reiners Vater war. Die Einkaufsabteilung war anfangs im Bürohauptgebäude untergebracht. Später wurde sie aus praktischen Erwägungen heraus direkt neben dem Betriebsbüro in ein Großraumbüro verlegt. Ferner wurde das Lohnbüro ebenfalls in dem neu geschaffenen Großraumbüro untergebracht. Auf diese Weise hatte ich wieder Kontakt mit den netten Kollegen aus der Lohnbuchhaltung. Von Reiners Vater wurde ich in die Grundlagen des Einkaufs eingewiesen. Die Arbeit machte echt Spaß. Zum Zeitpunkt der innerbetrieblichen Umstellung hatte ich die Dinge schon ganz gut im Griff, sodass ich weitgehend selbständig arbeiten konnte. Jetzt kamen mir die zuvor im Betriebsbüro erworbenen technischen Kenntnisse zugute. In der Einkaufsabteilung verbrachte ich die angenehmste Zeit meiner Berufsausbildung.

Der Tanzkursus

Im Herbst des Jahres 1954 haben Friedhelm und ich uns zu einem Tanzkursus für Anfänger bei einer renommierten Unnaer Tanzschule angemeldet. Der Kursus fand ganz vornehm im Unnaer Kurhaus statt. Dazu mussten wir uns vorher aber noch die entsprechende Garderobe zulegen. Ein dunkler Anzug war angesagt und dazu ebenfalls das passende Schuhwerk. Bevor es mit dem Tanzen losging, erhielten wir Tanzschüler erst einmal eine Einweisung über korrektes Benehmen gegenüber den Tanzpartnerinnen. Damen und Herren saßen sich in einem länglichen Tanzsaal gegenüber. Bald hatte jeder Herr seine Tanzpartnerin gefunden. Der erste Tanz, der uns beigebracht wurde, daran erinnere ich mich noch gut, war ein Marsch. Die Schritte dazu waren relativ einfach. Dann wurde es immer schwieriger. Weiter ging es über Foxtrott, Slowfox, Walzer, Tango, Rumba bis hin zum Rock and Roll. Gegen Ende des Kurses erkrankte ich und konnte an ein oder zwei Abenden nicht erscheinen. Diese Gelegenheit nutzte ein Konkurrent, mir meine nette Tanzpartnerin auszuspannen, mit der Folge, dass ich zum Abschlussball keine Partnerin hatte. Damit war für mich der Tanzkurs gelaufen. Zum Abschlussball war ich dann nicht mehr erschienen. Ich war sehr gekränkt und mir war die Freude am Tanzen ganz und gar vergangen.

Quittung für eine Teamarbeit

Die Monate Februar und März 1955 waren für alle, die das dritte Lehrjahr vollendeten, Prüfungsmonate. In der Berufsschule schrieben wir eine Klausur nach der anderen. Sehr genau erinnere ich mich noch an eine Prüfungsarbeit im Fach »Kaufmännisches Rechnen«. Dummerweise hatte ich mich auf eine Absprache mit Friedhelm eingelassen. Wir hatten so etwas wie Teamarbeit vereinbart. Die Prüfungsarbeit bestand aus sechs Aufgaben. Jeder sollte nun drei Aufgaben lösen. Ich übernahm die ersten drei Aufgaben und Friedhelm die letzten drei. Anschließend sollte jeder die errechneten Ergebnisse vom anderen übernehmen. Nie zuvor in meinem Leben hatte ich mich auf derartige Absprachen eingelassen. Das Unterfangen sollte, auf meine Person bezogen, in die Hose gehen. Friedhelm und ich waren ziemlich zu gleicher Zeit mit unseren drei Aufgaben fertig. Nun ging es darum, wer zuerst von wem abkupfert. Gutmütig, wie ich damals war, ließ ich Friedhelm den Vortritt. Er war gerade fertig mit der Übernahme meiner Ergebnisse, als es hieß: »Prüfungsarbeiten abgeben!«. Nun stand ich da mit drei ungelösten Aufgaben. Die Folge war, dass meine Arbeit wesentlich schlechter benotet wurde als Friedhelms. Aus diesem Vorgang habe ich eine Lehre gezogen. Von diesem Tage an habe ich gelernt, mich auf mich selber zu verlassen und keine fragwürdigen Absprachen mehr einzugehen. Dennoch habe ich meine Lehre erfolgreich abgeschlossen und konnte Ende März des Jahres 1955 meinen Kaufmannsgehilfenbrief aus den Händen eines Vertreters der Industrie- und Handelskammer in Dortmund entgegennehmen.

Ein Abstecher in die Unterwelt

Es muss um die Karnevalszeit im Februar/März 1955 gewesen sein, als Paul Scheller (damals Praktikant) und ich uns kurz vor Dienstschluss in die Katakomben des Heizungs- und Elektrikkellers unterhalb des Hauptbürogebäudes begaben. Wir wollten herausfinden, ob hier ein Hauch von Karneval zu verspüren war. Hier in der Unterwelt herrschten unangefochten die beiden Firmenelektriker Hecke und Hummel, zwei Unikate. Es war bekannt, dass die beiden stets einen Vorrat an flüssigem Brot (Bier) gehortet hatten. Meister Hecke war von kleiner, rundlicher Gestalt und sein Geselle Hummel war genau das Gegenteil. Er war groß, schlank und kräftig. Mit seiner Figur hätte er dem Garderegiment (Lange Kerls) des preußischen Königs Friedrich Wilhelm I. alle Ehre gemacht. Seine Handteller waren so groß, dass man darauf sitzen konnte. Natürlich bekamen Paul und ich von dem »flüssigen Brot« angeboten. Die beiden Elektriker waren offensichtlich froh, dass sie in den Katakomben auch mal Besuch erhielten. Wir leerten bis zum Feierabend manche Flasche des »flüssigen Brotes« miteinander. Bei Herrn Hummel fiel mir auf, dass er die Flasche an den Mund setzte und, ohne zu schlucken, den Inhalt in einem Zuge hinuntergoss. Wir waren alle schon ziemlich angeheitert. Nun wollte uns Herr Hummel seine unbändige Kraft beweisen. Paul und ich sollten uns auf seine riesigen Handteller setzen. Kaum hatten wir auf seinen Pratzen Platz genommen, hob er uns gleichzeitig hoch bis unter die Decke, sodass wir uns die Köpfe oben anstießen. Dieser Akt war wirklich zirkusreif. Ich weiß nicht, was der Geselle noch für Kunststückchen aufführen wollte. Jedenfalls hielten Paul und ich die Zeit für gekommen, uns zu verdrücken. Leicht angedudelt torkelten wir hinaus ins Freie, ans Tageslicht.

Umstieg vom Fahrrad aufs Moped

Dank der in den Jahren 1950/51 in Form des amerikanischen »Marshallplans« geleisteten finanziellen Hilfe ging es mit der deutschen Wirtschaft langsam wieder aufwärts. Dies machte sich vor allem auf dem industriellen Sektor positiv bemerkbar. Neben dem Bergbau und der Stahlindustrie begann auch die Automobilindustrie in Gang zu kommen. Die Zweiradindustrie nahm ebenfalls an dem wirtschaftlichen Aufschwung teil. Es wurden nicht nur Fahrräder und Motorräder, sondern auch – eine Neuheit – Mopeds produziert. Ein Moped war ein Mittelding zwischen Fahrrad und Motorrad. Sie waren Mitte der Fünfzigerjahre der Renner. Ich war damals am Kauf eines solchen Fortbewegungsmittels mehr als interessiert. Ein Moped war zwar teurer als ein Fahrrad, aber immerhin wesentlich preiswerter als ein Motorrad, das ich mir nicht leisten konnte. Also begann ich auf ein Moped zu sparen. Als ich glaubte, genügend Geld gespart zu haben, ging ich mit meinem Vater zu einem bekannten Zweiradhändler in Unna, um ein Moped meiner Wahl zu kaufen. Nun stellte sich heraus, dass das Modell, welches ich ins Auge gefasst hatte, um einiges teurer war als ursprünglich veranschlagt. Was nun? Nach einigem Überlegen waren Vater und ich mit dem Händler übereingekommen, dass ich fünfundsiebzig Prozent des Kaufpreises in bar bezahlte. Den restlichen Kaufpreis konnte ich in Raten abbezahlen. Außerdem hatte sich der Händler bereiterklärt, mein schönes, gepflegtes Fahrrad, den Silberpfeil, in Zahlung zu nehmen. Bei diesem Gedanken zog sich mein Herz zusammen. Es bedeutete eine Trennung von meinem treuen Gefährt. Außer mir musste mein Vater als gesetzlicher Vertreter ebenfalls den Kaufvertrag unterschreiben. Ich hatte mich für ein robustes Moped entschieden. Es war mit einem Einzylinder-Zweitakt-Motor ausgestattet. Sehr bald schon hatte es sich als eine gute Wahl herausgestellt. Besonders hervorzuheben waren seine Robustheit und Zuverlässigkeit. Es dauerte nicht lange, da meldete sich bei meinem eineinhalb Jahre jüngeren Bruder Klaus, der bei der gleichen Firma wie ich arbeitete, das Verlangen, ebenfalls ein Moped zu besitzen. Von seinem Lehrlingsgeld hatte er sich bis dahin auch schon ein kleines Sümmchen zusammengespart. Es reichte aber nicht ganz zum Kauf eines Mopeds. Kein Problem. Zum Geburtstag ließ er sich von unseren Eltern und Verwandten ausschließlich Geld schenken und schon war das Moped bezahlt. Er hatte sich ebenfalls für ein robustes Modell entschieden. Nun muss ich ergänzend hinzufügen, dass unserer Mutter stets daran gelegen war, dass Klaus in seinen Anschaffungen mit mir gleichauf lag. Sie sah es immer gern, wenn wir gemeinsam etwas unternahmen, obwohl wir manchmal total gegensätzliche Interessen hatten. Ganz überraschend hatte sich noch ein dritter Moped-Fan zu uns gesellt. Es war kein Geringerer als mein früherer Schulkamerad Friedhelm. Wir benutzten hauptsächlich unsere motorisierten Zweiräder für den Weg zur Arbeit. An den Wochenenden knatterten wir zu dritt mit unseren Mopeds durch die Landschaft oder auch mal in die Stadt zu einer Kinovorstellung. Ein-, vielleicht auch zweimal haben wir an den Mopeds die Auspuffanlage bis auf den vorderen Auspuffkrümmer abgebaut und sind damit am ehemaligen Heereszeugamt in Motocross-Manier mit laut dröhnendem Auspuff über einen Parcours aus Bombentrichtern und anderen Hindernissen gebraust. Das war ein ganz berauschendes Gefühl. Das ging aber nicht lange gut. Die benachbarten Anlieger hatten sich über den Lärm beschwert. Schade, damit hatte das neu entdeckte Freizeitspiel ein Ende.

Urlaub auf der Insel Norderney

Die Ferien- bzw. Urlaubszeit rückte immer näher. Klaus, Friedhelm und ich machten uns Gedanken, ob wir die Ferien nicht gemeinsam verbringen könnten. Es wurde der Vorschlag gemacht, per Moped die Nordseeinsel Norderney anzusteuern und dort zehn Tage zu bleiben; denn viel mehr als 14 Tage Urlaub wurden damals nicht genehmigt. Bei Klaus gab es Probleme mit dem Urlaub. Jedenfalls konnte er nicht zum vorgesehenen Zeitpunkt mitreisen. Friedhelm und ich hatten den Urlaub für Mitte August 1955 geplant und schon sämtliche Vorbereitungen getroffen. Wir hatten besonders große Gepäcktaschen gekauft, um möglichst viele Utensilien darin verstauen zu können. Übernachten wollten wir in der Jugendherberge »Dünensender« auf der Insel Norderney. An einem sonnigen Morgen im August ging die Fahrt schon kurz nach Sonnenaufgang los. Die Mopeds waren voll beladen, als ginge es auf eine Expedition. Die Strecke führte zunächst über die B 233 über Kamen nach Werne. Danach ging es über Münster, Rheine, Lingen, Meppen, Leer und Norden nach Norddeich. Die ca. 250

Kilometer lange Strecke mussten wir bis zum späten Nachmittag schaffen, um die letzte Fähre nach Norderney an diesem Tage mitzubekommen. Daher legten wir außer den notwendigen Tankstopps gerade zweimal eine kurze Rast ein, um etwas von unserer Marschverpflegung einzunehmen. Gott sei Dank war wenig Verkehr auf der Strecke und wir machten eine gute Zeit. In unserer jugendlichen Unbekümmertheit hatten wir nicht daran gedacht, uns beim Jugendherbergsvater in Norderney vorher anzumelden. Das fiel uns erst unterwegs ein. Nun war es bereits zu spät und wir mussten das Übernachtungsproblem dem Glück bzw. dem Zufall überlassen. Den Fähranleger in Norddeich erreichten wir noch rechtzeitig. Die Überfahrt mit einem Schiff der Frisia-Linie nach Norderney dauerte ca. 45 Minuten. Dann ging es an Land. Die Jugendherberge liegt am östlichen Rande der Stadt. Nachdem wir uns von Inselbewohnern die ungefähre Richtung zum »Dünensender« hatten erklären lassen, knatterten wir mit unseren Mopeds los. An der Jugendherberge angekommen, meldeten wir uns gleich beim Herbergsvater an und fragten, ob noch zwei Schlafstätten frei seien. Zum Glück waren noch einige Plätze frei. Nun konnten wir aufatmen. Wir hatten es geschafft. Gegen geringes Entgelt konnten wir dort übernachten und auch an den Mahlzeiten teilnehmen. Heißhungrig, wie wir waren, stürzten wir uns auf das Abendessen. Anschließend erkundeten wir die nähere Umgebung der Herberge. Bald darauf überfiel uns eine bleierne Müdigkeit und wir suchten unsere Schlafstätten auf, um uns dem Schlaf der Gerechten hinzugeben. Als wir nach fast neunstündigem Schlaf erwachten, empfing uns ein strahlender Morgen. Jetzt gab es für uns kein Halten. Nach einem schnellen Frühstück ging es an den Strand, wo wir fast den ganzen Tag verbrachten. Wir genossen Sonne, Strand und Meer. Am schönsten war das Baden in der Brandung. In der Jugendherberge hörten wir auch von einem FKK-Strand auf Norderney. Als wir uns nach der Bedeutung des Wortes »FKK« erkundigten, wurden wir aufgeklärt und erfuhren, dass es um Freikörperkultur ging und man dort nackt baden könne. Dergleichen wollten wir auch mal ausprobieren und begaben uns, von Neugierde gepackt, am nächsten Tag dorthin. Man begegnete hinter einem bestimmten Dünengürtel einer interessanten Typenschau von Männern und Frauen. Der einzige Vorteil bei der Nacktbaderei war der, dass man sich an allen Stellen des Körpers bräunen lassen konnte. Da wir keine Handtücher mitgenommen und die Badehosen unterhalb einer Düne zurückgelassen hatten, machte uns beim Sonnenbaden der Sand arg zu schaffen. Anstatt »im-po-sant« konnte man sagen: »Sand-im-Po«. Das war schon eine einmalige Erfahrung. Es hatte uns gereicht. Den nächsten Tag verbrachten wir mit einem ausgiebigen Stadtrundgang. Dabei erfuhren wir, dass Norderney ein Hallen-Wellenbad besaß. Davon machten wir dann bei schlechtem Wetter Gebrauch. Als wir am späten Nachmittag von unserer Stadterkundung zurückkamen, erwartete uns Klaus zu unserem großen Erstaunen am Eingang zur Jugendherberge. Wie er uns erklärte, habe er seinen Urlaub mit einigen Tagen Verspätung antreten können. Nun wolle er die restliche Zeit mit uns gemeinsam auf der Insel verbringen. In der Herberge war auch noch ein Platz für ihn frei geworden. Ab jetzt konnten wir das Inselleben zu dritt genießen. Einmal war auch ein Tanznachmittag angesagt. Da habe ich nach längerer Zeit wieder das Tanzbein geschwungen. Ich glaube, es war ein Marsch, den konnte ich am besten tanzen.

Leider verging die schöne unbeschwerte Zeit zu schnell und wir mussten die Heimfahrt antreten.

Betriebsfest mit Folgen

Es war Dezember, die Adventszeit war schon angebrochen, da wurde von der Betriebsleitung in Zusammenarbeit mit dem Betriebsrat ein Betriebsfest organisiert. Die Gastwirtschaft mit dem Namen »Sportzentrale« in Unna schien ein geeigneter Platz für diese Veranstaltung zu sein. Genügend Räumlichkeiten standen hier zur Verfügung. In der Mitte eines großen Raumes stand ein riesiger Koksofen, der für eine angenehme Wärme sorgte. Neben dem Ofen befand sich eine übergroße Schütte, die mit Brennmaterial angefüllt war. Das Fest fand an einem Freitagabend nach Feierabend statt. Es wurde mehr getrunken als gegessen. Der Gerstensaft floss in Strömen. Als die Stimmung auf dem Höhepunkt war, ließen Praktikant Paul und ich uns zu einem Wetttrinken überreden. Es ging darum, wer in einer bestimmten Zeit die meisten Gläser mit Linden-Pils in sich hineingoss. Praktikant Paul und ich hatten uns vor dem bullernden Ofen aufgebaut und hielten die gefüllten Gläser in der Hand. Daneben stand Opa Klett, unser Bote, mit seiner Taschenuhr, die er bereits gezückt hatte, um die Zeit zu stoppen. Schnell war unser Trio von einem Kreis Schaulustiger umgeben. Es wurden sogar Wetten abgeschlossen. Auf das Kommando »Jetzt« ging es los. Paul und ich stürzten ein Bier nach dem anderen in uns hinein. Nach einem halben Dutzend Gläsern wurde mir ganz heiß. Oder kam die Hitze von dem Koksofen mit der glühenden Platte und dem ebenfalls glühenden Ofenrohr, welches einige Meter neben uns durch den Raum ins Freie führte? Ab dem zehnten Glas musste ich mich schon zwingen, das Glas zu leeren. Auch Paul gab sich große Mühe. Beim dreizehnten Glas fing sich alles an zu drehen. Mir wurde übel. Ich musste mich übergeben, aber wohin? Mitten in den Saal? Zur Toilette hätte es nicht mehr gereicht. Zum Glück erblickte ich die große Kohlenschütte neben dem Ofen. Dort konnte ich mich erleichtern. So am Rande bekam ich noch das Gelächter der Umstehenden mit. Danach torkelte ich durch den Raum, nicht mehr wissend, wo ich mich befand. Schnell kam Elektromeister Hecke angesprungen und fing mich mitten im Sturz auf. Für mich war der Abend jedenfalls gelaufen. Der gute Meister Hecke brachte mich nach draußen, zwängte mich in seinen Champion (Mini-Pkw der damaligen Zeit, ähnlich dem Goggomobil oder dem Lloyd) und fuhr mich trotz seiner ebenfalls erhöhten Promillezahl im Blut nach Hause. Dort musste ich mich nochmals übergeben, bevor ich ins Bett ging. Vermutlich hatte ich eine leichte Alkoholvergiftung davongetragen. Erst am späten Sonntagabend erwachte ich aus meinem Rausch. Meine Eltern waren total schockiert. Dergleichen hatten sie mir nicht zugetraut. Das führte schließlich dazu, dass sie mich und später auch Klaus heimlich beobachteten und uns nachschlichen, wenn wir am Wochenende ausgingen. Unsere Mutter war am allerschlimmsten. Unserem Vater kam das Nachspionieren bald lächerlich vor und er hielt sich zurück.

Gründung der Bundeswehr

Zehn Jahre nach dem Zusammenbruch des »Dritten Reiches« und der bedingungslosen Kapitulation vollzog sich eine Wende in der großen Politik. Man sprach von einer Bedrohung aus dem Osten. Daraufhin wurde im Jahre 1949 die Nordatlantische Verteidigungsgemeinschaft gegründet. Deutschland wurde 1955 Mitglied dieser Gemeinschaft. Das bedeutete für Deutschland die Übernahme von Rechten und Pflichten aus dieser Verbindung. Zu den Pflichten gehörte auch die Wiederaufrüstung der Bundesrepublik. Es wurde die Bundeswehr ins Leben gerufen, deren Gesamtstärke sich letztendlich auf 500 000 Mann belaufen sollte. In der Bevölkerung gab es viel Pro und Kontra. Auch in der Firma wurde viel darüber diskutiert. Ich muss ehrlich gestehen, in mir wuchs ein gewisses Interesse an den neuen Streitkräften. Zu Hause hatte ich mich in meiner Freizeit schon immer mit dem Bau von Flugzeugmodellen beschäftigt. Ich erinnerte mich, als siebenjähriger Junge hatte ich unbedingt später einmal Soldat werden wollen. Mein Hauptinteresse galt sowohl der Luftwaffe als auch der Panzertruppe. Bald reifte in mir ein Entschluss.

Meine Meldung zur Bundeswehr

Ich wollte mich freiwillig zur neu ins Leben gerufenen Bundeswehr melden. Als ich mit unserem Vater meine Absicht, mich freiwillig zur Bundeswehr zu melden, besprach, riet er mir: »Wenn du schon zur Bundeswehr gehst, dann gehe zur Luftwaffe.« Unsere Mutter war ganz und gar gegen meinen Plan. Sie weigerte sich einfach, meinen Entschluss zur Kenntnis zu nehmen. Ungeachtet dessen bewarb ich mich bei der Freiwilligen-Annahmestelle in Münster zur Luftwaffe. Da ich damals mit neunzehn Jahren noch nicht volljährig war, bedurfte meine Bewerbung der Zustimmung des gesetzlichen Vertreters. Diese Zustimmung erteilte mein Vater in meinem Beisein in Schriftform vor einem Unnaer Notar. Das entscheidende Schriftstück sandte ich unverzüglich an die Freiwilligen-Annahmestelle in Münster. Als Mutter davon erfuhr, war zu Hause die Hölle los. Sie machte unserem Vater die bittersten Vorwürfe. Eine ihrer Anschuldigungen lautete: »Walter, weißt du, was du tust? Du nimmst mir meinen Jungen weg.« Dann brach sie in Tränen aus. Objektiv gesehen war **ich** der eigentlich Schuldige. Ich begann, mir Vorwürfe zu machen. Schon viele Wochen vorher hatte ich mit mir etliche innere Kämpfe ausgefochten. Aber jedes Mal kam ich zu dem Ergebnis, dass meine Entscheidung die richtige sei. Nun aber hing der Familiensegen schief. Das Verhältnis der Eltern zueinander war schwer belastet und Mutter schenkte mir kaum noch Beachtung. Sie sprach kaum noch ein Wort mit mir. Eines Tages sagte sie zu mir: »Du hast Post von der Freiwilligen-Annahmestelle der Luftwaffe. Wie ich sehe, willst du ja nichts mehr mit uns zu tun haben.« Diese Worte trafen mich sehr hart.

Der Abschied vom Elternhaus

Das Schreiben der Freiwilligen-Annahmestelle beinhaltete meine Einberufung zur Luftwaffe. Demnach hatte ich mich zum 1. Oktober 1956 bei einem Luftwaffenausbildungsregiment in Uetersen, Schleswig-Holstein zu melden. Außerdem enthielt das Schreiben Angaben über die betreffenden Bahnverbindungen. Bei Erhalt dieser Nachricht brach Mutter, wie nicht anders zu erwarten, in Tränen aus. Während der nächsten Tage und Wochen hing der Familiensegen arg schief. Die Kommunikation zwischen Mutter und mir beschränkte sich auf ein Minimum. Der Tag des Abschieds vom Elternhaus und der Eintritt in einen neuen Lebensabschnitt rückten immer näher. Die Stimmung in der Familie war sehr gedrückt. Nun war er da, der Tag des Abschieds. Von Klaus und Uschi hatte ich mich schnell verabschiedet. Vater und Mutter begleiteten mich zu Fuß zum Bahnhof Unna. Mein ganzes Reisegepäck bestand aus einem kleinen schwarzen Koffer, bekannt als Stadtkoffer. Beim Abschied am Bahnhof war Mutter völlig in Tränen aufgelöst. Auch beim Vater kullerten einige Tränen die Wangen herunter, während ich heftig gegen die Tränen anzukämpfen versuchte. Als zukünftiger Soldat durfte ich mir jedoch keine Schwäche anmerken lassen. Vom abfahrenden Zug aus habe ich meinen Eltern bei geöffnetem Fenster noch lange zugewunken, bis sie außer Sichtweite waren.

Ende